SV

Peter Bichsel

Cherubin Hammer und Cherubin Hammer

Suhrkamp Verlag

PT
2662
.J 49
1999
oct.1999

Erste Auflage 1999
© Suhrkamp Verlag Frankfurt am Main 1999
Alle Rechte vorbehalten
Druck: Friedrich Pustet, Regensburg
Printed in Germany
2 3 4 5 6 – 04 03 02 01 00 99

Cherubin Hammer und
Cherubin Hammer

Nein, das ist nicht die Geschichte von Cherubin Hammer. Cherubin Hammer war ein anderer, aber er ist würdig genug, seinen Namen dem stillen Helden dieser Geschichte zur Verfügung zu stellen.

Er hätte sich dafür bedankt, es hätte ihn geärgert. Wen? Beide! Darin, das gebe ich zu, liegt meine Absicht. Erfreulich waren sie beide nicht und überzeugt von ihrer Einzigartigkeit auch. Aber nein, und nochmals nein – dies ist nicht die Geschichte von Cherubin Hammer.

Cherubin Hammer – beginnen wir von vorn –, Cherubin Hammer also, und ich erzähle jetzt von dem anderen, für den wir den Namen des einen, der ab jetzt nur noch in Fußnoten erscheinen wird – Cherubin Hammer[1] –, als Pseudonym verwenden:

Hammer also – denn seinen Vornamen Cherubin kannte niemand, seine Frau nannte ihn, wenn sie ihn überhaupt nannte, Hammer. Hammer also – Schuhnummer 49, groß, plump, breit, langsam und

---

[1] Er muß fromme Eltern gehabt haben. Ich habe ihn mal darauf angesprochen, und er hat nur genickt, nur genickt – und es ist ihm selber aufgefallen, daß er nicht auf sie geflucht hat.

schwerfällig, zu seiner Schande und Scham schon
nach zwei Wochen aus der Rekrutenschule zurückgekommen, weil ihn das Marschieren und das Grü-
ßen, ausgestreckte rechte Hand am Mützenrand
und dabei marschieren und den linken Arm dabei
schwingen, weil ihn das Marschieren zum Paßgänger machte, er bewegte den linken Arm mit dem
linken Fuß und den rechten mit dem rechten, vorerst
hielten die Vorgesetzten das für böswillige Absicht
und glaubten, ihn in die Knie zwingen zu können, als
sich aber herausstellte, daß er das selbst war, daß
er eben ein Paßgänger war, wurde er ausgemustert,
kam nach Hause, ging nicht mehr in die Wirtschaft,
nicht mehr auf die Straße, schlich sich zum Bahnhof,
um in Bern zu studieren, aber von dem allem, wenn
überhaupt, später.

Hammer also trug jeden Tag einen Stein auf den
Berg. Der Jura heißt hier Berg – der Berg –, und was
dahinter ist, das ist die zweite Kette – alles dahinter ist die zweite Kette. Hammer kam von der Arbeit, schönes, kleines Einfamilienhaus mit schönem,
kleinem Umschwung, grüßte nicht, sagte nichts,
nahm seinen Rucksack, ging zum Bach, holte sich
da einen großen Kiesel, legte ihn in seinen Rucksack,
ging »in« den Berg, wie man hier sagt, gute zwei
Stunden zu gehen bis oben, legte den Kiesel zum
großen Haufen, 365 Kiesel Jahr für Jahr, in einem Schaltjahr 366. 1952, vom 17. März bis zum
24. März, war er krank, Grippe, und die folgenden

acht Tage trug er zwei Steine zum Berg, damit es – 1952 war ein Schaltjahr – wieder 366 Steine würden. Noch viele Jahre später, längst nach seiner Pensionierung, quälte er sich, nicht nur gehend, sondern auch stehend, sitzend, einschlafend und erwachend, mit der Frage, ob sein damaliges Vorgehen richtig war. Und er hatte auch schon, 1970, zweimal einen Stein wieder runtergetragen, also einen hochgetragen und einen runtergetragen, sich aber schon eine Woche später entschieden, die Steine wieder hochzutragen.[2]

---

2 Cherubin Hammer wurde von der Polizei voll ins Gesicht geschlagen, wenn er seinen Namen buchstabierte, ertappt auf frischer Tat. »Wissen sie kein dümmeres Pseudonym«, schrie der Polizist. Und diese Geschichte muß wahr sein, denn das Wort »Pseudonym« war eines der wenigen Fremdwörter, die Cherubin Hammer geläufig waren. Wenige andere Geschichten, die er erzählte, waren wahr. Er erzählte sie zu laut. Er wußte übrigens, daß ich eines Tages über ihn schreiben würde. Das war nie meine Absicht, und ich habe es ihm auch gesagt. Er aber wußte es. Er traf mich morgens um zehn auf der Straße und sagte: »Hast du den ›Tages Anzeiger‹ gelesen – Seite 14 – hochinteressant.« Und ich ging zum Kiosk, kaufte die Zeitung und schlug die Seite 14 auf, und da stand irgend etwas, irgend etwas – und ich habe es mehrmals gelesen, und als ich ihn wieder traf, fragte ich ihn, wie er denn dazu gekommen sei, mir zu sagen, daß auf Seite 14 des »Tages Anzeigers« etwas stehe, das ich unbedingt zu lesen hätte. »Ich habe es nicht

Und das ist auch schon die ganze Geschichte von Hammer, Cherubin, Jahrgang 1926, ausgehoben als Mitrailleur und dienstuntauglich – das ist die ganze Geschichte. Und nur ihr Autor ist interessiert daran, daß sie trotzdem irgendwie fortdauert.

Sollten Sie interessiert daran sein, warum er diese Steine auf den Berg trug, dann können Sie die Lektüre hier getrost abbrechen. Wir werden zwar ab und zu – und mitunter aus Verlegenheit – darauf zurückkommen – einen Grund dafür werden wir nicht finden.

Alles andere hat der Autor so fantasielos als möglich hinzuerfunden. Die Tagebücher Hammers – schwarze Wachstuchhefte – klärten nichts auf, ergaben kein Leben, und sie waren auch meist nur auf den ersten zwei, drei Seiten beschrieben, jedesmal ehrgeizig begonnen mit einem großen Titel – »Die Tagebücher« – in Zierschrift, dann ein paar Einträge,

---

verstanden«, sagte er, »da habe ich mir gedacht, es könnte etwas für dich sein.« Er wußte, daß ich die Buchstaben kenne, und er glaubte, daß mir die Rechtschreibung geläufig ist, und er wollte – wie alle anderen Säufer in der Kneipe auch – dereinst mal von mir beschrieben sein. Im Unterschied zu allen anderen setzte er sich durch. Er wußte es. Und nur mein Trotz – nicht nur meine Faulheit, auch mein Trotz – ist schuld daran, daß er nicht beschrieben wird.

geflügelte Worte, die nie Flügel bekommen sollten. Dann dauerte es oft Monate, oft Jahre, bis wieder ein neues »Die Tagebücher« angefangen wurde, und es sind auch so über vierzig Wachstuchhefte geworden, vierzig mehrheitlich leere Wachstuchhefte.

Der Eintrag des Vierzehnjährigen – 1940, erstes Wachstuchheft – unter dem Datum des 29. Februar, »Das Leben dauert zu lange«, mag die vielen leeren Seiten, die ihm folgten, verständlich machen. Das Programm eines jungen Dichters: »Das Leben dauert zu lange.«[3]

---

3 Cherubin erzählte – nein, er posaunte es hinaus –, daß er hundert Jahre alt werde, alle in seiner Familie seien so alt geworden, und es hätte ihn sehr überrascht und geärgert, daß er mit 65 – fast genau mit 65 – starb. Wir gingen zu seiner Beerdigung. In der Kirche saßen etwa dreißig Leute, die alle – ich auch – die Absicht hatten, hinterher trinken zu gehen. Es gab ein großes Gelächter, als der Pfarrer seine Rede damit begann, daß er sagte: »Unser Bruder Cherubin, der immer auf der Schattenseite des Lebens leben mußte...« Keiner hat sonnseitiger gelebt als er, aber Bertha, seine Freundin, mag dem Pfarrer erzählt haben, daß er im Gefängnis saß, ab und zu und meist für kurze Zeit, und da mag der Pfarrer gedacht haben, Cherubin müsse ein armer Kerl gewesen sein. Anläßlich von Beerdigungen erinnern sich Pfarrer daran, und die Totenrede auf einen armen Hund ist einfacher als die Rede auf einen toten Kardinal. Denn wer erklärt den Leuten – und wie –, daß der Kardinal ein armer Hund war?

Hunderte von Steinen mußten hier liegen, es hätte eine Pyramide werden können, aber es war nur ein Haufen, achtlos hingeworfene Steine, wie sie von Bauern an die Ränder der Äcker geworfen werden.[4] Hier, knapp über der Baumgrenze auf einer öden Bergwiese, hätten sie auffallen sollen. Aber sie fielen nicht auf, weil sie einfach da waren, von niemandem hochgetragen, von niemandem hingeworfen. Von niemandem. Nie wurde Hammer gesehen auf seinem täglichen Marsch zum Berg. Dabei war er groß, gegen zwei Meter, und schwer, schwerfällig in seinem Gang. Nie sah ihn jemand oben neben seinem Steinhaufen sitzen. Es gibt Leute, die werden durch Schweigen unsichtbar, und was sie tun, hinterläßt keine Spuren. Der Steinhaufen auf dem Berg, große Kiesel, wie sie nur unten im Tal in den Bächen zu

---

4 Einmal, auf dem Weg von einer Beiz in die andere etwas abseits geraten – Cherubin wanderte nie, er spazierte auch nicht, und gehen außerhalb der Stadt war in seiner Erinnerung nichts anderes als eine Wintersonne, die blendete und ihn zurücktrieb in das Dunkel einer Beiz –, entdeckte Cherubin in einer Steingrube einen Haufen gelbliches Steinmehl, das ihn erinnerte. Nun könnte man nachts dorthin fahren, das Steinmehl aufladen und wegführen, denn es schien achtlos und wertlos dort zu liegen. Cherubin aber entschied sich dafür – wie immer wieder –, die Sache als Geschäft zu betreiben, nämlich als Geschäftsmann. Dazu brauchte er Zeit. Dazu brauchte er auch eine Aktenmappe, die er sich noch zu beschaffen hatte.

finden sind, war von niemand anderem hierher getragen worden als von der Natur, so wie der Gletscher vor Jahrtausenden Steine in unsere Gegend getragen hatte, Findlinge. Das Langsame ist so wenig zu sehen wie das Schnelle.[5] Und ich stelle mir vor, daß auch Hammer den Steinhaufen nicht als seinen Steinhaufen bezeichnete, sondern ihn so wenig beachtete wie ihn die anderen beachteten. Und wenn ab und zu Leute Steine wegtrugen, um eine Feuerstelle zu bauen und Würste zu braten oder Kartoffeln in Alufolie, dann störte ihn das überhaupt nicht, er ließ die Steine, wo sie waren, seine Buchhaltung war korrekt: 365 Steine im Jahr, in einem Schaltjahr 366.[6]

---

5 Cherubin war laut, groß, breit und strahlend. Cherubin war sichtbar. Es machte ihm Spaß, gesehen zu werden, und er reagierte beleidigt, wenn zwei Polizisten achtlos an ihm vorbeigingen, wo er doch wieder einmal gesucht wurde. Auch er war langsam, aber langsam in Würde, er hatte die Langsamkeit eines beliebten und angesehenen Kolonialwarenhändlers, der bekannt ist für seine Freundlichkeit und von allen gegrüßt wird, wobei niemandem auffällt, daß er selbst nie als erster grüßt.

6 Cherubin klemmte sich also zwei, drei Tage später die Aktenmappe unter den Arm, fuhr mit dem Taxi zu einem Schreibwarengeschäft – mehr als dreihundert Meter war die Fahrt nicht –, erkundigte sich nach dem Preis von Papiertüten, prüfte die Muster, verhandelte erst mal über eine Bestellung von hundert Stück, drückte den Preis um

Ob er sich hingesetzt hat, oben auf dem Berg neben dem Steinhaufen? Hingesetzt in seiner Kleidung, Zweireiher, gebügelt – denn er war verheiratet, hatte eine Frau,[7] die das tat, wortlos, Fässler, eine Appenzellerin, aber aufgewachsen wie er im Bernbiet und irgendwann an ihn gekommen. Also angenommen, er hätte sich hingesetzt in seiner grauen gebügelten Kleidung, die an ihm hing wie ungebügelt, tweedähnlich, aber nicht Tweed, fischgratähnlich, aber nicht Fischgrat – gekauft immer zu Ostern, und immer dieselben Schuhe, Schuhnummer 49 war schwer

---

zwei Rappen und verblüffte den Händler – denn selbstverständlich fragte er nach dem Chef – erst mal damit, daß er sagte: »Wollen wir uns nicht setzen«, und dann mit der Bestellung von 2500 Stück, verrechenbar mit dem neuen Anstrich des Dachhimmels der Papeterie (davon später) und abzüglich eines Rabatts unter Geschäftsfreunden – Handschlag, die Ware wird abgeholt. Mit dem Besitzer der Steingrube verabredete er telefonisch einen Termin – nein, diese Woche nicht mehr, wie wäre es mit Dienstag nächster Woche, sagen wir nachmittags um halb vier. Seinen Kumpanen in der Beiz erzählte er von kommenden großen Geschäften, bezahlte eine Runde und versprach hohe Stundenlöhne.

7 Cherubin erzählte keine Zoten, aber er sprach von Weibern, weil er halt ein Kerl war, ein Kerl. Seine Mutter schickte ihm ab und zu ein Zwanzigernötli, sie wurde fünfundneunzig, und er wird sie angerufen haben. Der Vater hatte ihn schon vor fünfundvierzig Jahren aus dem Haus geworfen. Schlecht war der Alte nicht.

zu finden –, sollte er sich hingesetzt haben – er hat sich bestimmt nicht hingesetzt –, sollte er, er hätte sicher nicht vor sich hingesagt: »Diese Luft, diese Freiheit, diese Ruhe«, sondern er hätte sich geärgert über all jene, die die Namen der Gipfel der Berneralpen, die heute zu sehen gewesen wären, ein Föhntag mit Fernsicht, nicht gekannt hätten, Breithorn, 3782. Sie hatten damals, er war auch einmal ein Kind – ob es damals für Kinder tweedähnliche, fischgratähnliche Zweireiher gab? –, eine Ferienwohnung in Reichenbach, noch nicht so richtig in den Alpen, aber immerhin Berneroberland, und Pfadfinder war er auch einmal. Er wurde, ein kleiner dicker Sack, von seinen Mitpfadfindern am kantonalen Wettbewerb über den Parcours geschleppt, und den Schiedsrichtern ist die besondere Kameradschaft seiner Mitpfadfinder aufgefallen, und die Gruppe – Fähnlein Fuchs – bekam Sonderpunke für Kameradschaft und belegte den sechsten Rang, was immerhin der zweitbeste Rang der Abteilung in den letzten zehn Jahren war. Später ging er aber nicht mehr hin. Eines Tages, eines Samstages, war er einfach krank und ging nicht hin, und dann ging er nie mehr, und er litt ein Leben lang unter seiner Untreue, und Pfadfinder sind treu, und es wurde ihnen auch versprochen, daß sie im Ernstfall als Meldeläufer oder Verkehrsregler eingesetzt würden, eine Armbinde bekämen und wichtig wären für den Ernstfall. Das, davon war er überzeugt, hätte er gekonnt. Eines Samstagnachmittags ist er nicht mehr hingegangen. Aber im Kartenlesen war er der beste, und er konnte mit dem Kompaß umgehen, »Recta«, er konnte also, wenn ihm zwei Punkte in der Landschaft bekannt waren, eben das Breithorn und zum Beispiel der Eiger, dieselbigen anpeilen, den Kompaß dann auf die Karte legen, entsprechend drehen – es hat keinen Sinn, daß ich das erkläre –, entsprechende Linien ziehen und dann seinen Standpunkt in der Schnittlinie festlegen. Von diesem Punkt aus konnte er dann alle übrigen Punkte durch Anpeilen mit dem Kompaß und mit entsprechenden Linien, gutgespitzter Bleistift, Taschenmesser, treffen und erkennen, Schreckhorn, 4078 m. Hätte er sich hingesetzt, es ist unvorstellbar, und wären andere Leute da gewesen, hätte er sich ohnehin nicht hingesetzt, er wäre nicht mal hochgegangen, sondern er hätte irgendwo gewartet, sich nicht versteckt, nur gewartet hinter einer Tanne, bis die Wiese frei gewesen wäre und er seinen Stein zum Haufen hätte werfen können – hätte er sich aber hingesetzt, schon nur die Vorstellung, daß all die anderen da die Namen der Gipfel der Berneralpen[8] nicht kennen könnten, wäre ihm ein Greuel gewesen, und er hätte die Anfangszeilen der Odyssee in Griechisch –

---

8 Cherubin, angesprochen auf die Alpen, lehnte sich in seinem Stuhl zurück, steckte eine Zigarette an, Gauloise blau, und sagte: »Grand Dixence, da kann mir keiner was vormachen.«

Altgriechisch – vor sich hingesagt. Hexameter, wer weiß schon davon.[9]

Vorstellbar war es jedenfalls nicht. Alles, was war mit Hammer, war nicht vorstellbar: Er hatte einen Sohn, er hatte eine Frau, und er wußte nicht so recht, wie es dazu gekommen war. Sie waren wie sein Steinhaufen, eben Natur, und das Einfamilienhaus war ein richtiges Einfamilienhaus, und der Garten war ein richtiger Garten mit nach der Schnur ausgerichteten Gartenbeeten, die Weglein dazwischen, mit Holzschuhen ausgetreten, alles Natur.

Und alles war einfach da: Der Garten, das Haus, die Frau; der Salat, der Blumenkohl, die Pfingstrosen; der Sohn und Zürich, wo er wohnte, und der Vater

---

9 In der »Gemeinschaft«, so hieß die Kirche, für die er sich auf dem Schulhof prügeln mußte, war Cherubin schon als Kind mit zehn aufgefallen durch seine sichere Stimme. Sein Lieblingslied war »Die güldne Sonne, voll Freud und Wonne – gibt unsern Grenzen (stimmt das?) mit ihren Glänzen…«, von Paul Gerhard, glaub ich. »Ein feste Burg ist unser Gott, ein gute Wehr und Waffen…«, mochte sein Vater nicht, es sei ein Kampflied und eines Christenmenschen unwürdig, sagte er, und Cherubin, als er mit Trinken anfing, sang es auf der Straße mit seiner sicheren Stimme, wenn er nachts um zwei nach Hause kam, nicht um Gott zu dienen oder zu loben, nur um Gott auf sich aufmerksam zu machen, so wie er Wert darauf legte, die Polizei auf sich aufmerksam zu machen und uns alle.

von Rosa war Lokomotivführer und hätte es gern
gesehen, wenn seine Tochter einen Bähnler geheiratet hätte und nicht einen Gestudierten, aber sie war
halt damals auch schon zweiunddreißig, aber gesprochen hat er mit seinem Schwiegervater nie, und
er erinnerte sich nicht, wie er zu seiner Frau kam,
erinnerte sich auch nicht an seine Hochzeit – in einem Hotel am Bielersee. War es das Hotel Engel-
berg? Jedenfalls stand da ein schepperndes Gram-
mophon, auf das ein mürrischer Kellner – groß und
breit wie Hammer und mürrisch auch – die Nadel
setzte, Hochzeitsmarsch, Mendelssohn, Sommer-
nachtstraum, Shakespeare. Er erinnerte sich nicht,
aber er wußte es noch.[10]

---

10 Cherubin saß nach seiner eigenen Aussage nur einmal
für längere Zeit im Gefängnis, vier Monate oder drei
oder sieben Jahre, gerade so wie es in seine Geschichten
paßte – die Sache mit dem Steinmehl, als er seinen Handel auf Deutschland ausdehnte, Betrug. Zu Hause aber,
wenn überhaupt, begnügten sich die Richter mit kleinen
Haftstrafen, in der Regel bedingt, weil sie ihm beibringen
wollten, daß seine Vergehen klein und unbedeutend wären, denn er machte aus seinen Prozessen große Auftritte,
Schauprozesse, und er brachte sein Publikum auch gleich
mit, angeworben im »Kreuz« und im »Schlüssel«, im
»Gambrinus«, in der Taverne und im »Tramwägeli« mit
ein paar Runden Bier. Cherubin konnte erzählen, und
alles, was ihm geschah, wurde zu seiner Geschichte. Mit
der Routine der Richter gab er sich nicht ab, und er verachtete sie dafür, daß sie nicht bereit waren, seinen Pro-

Und immer wieder der Eintrag in den Wachstuch-
heften: »Torrenthorn bestiegen – heißer Tag«, ohne
Datum. Er mußte sich bewußt gewesen sein, daß ein
Datum seine Biographie – die die Biographie jenes
Dichters werden sollte, der täglich einen Kiesel auf
den Berg trug – durcheinanderbringen könnte. Und
aus demselben Grunde kein Eintrag zu seiner be-
ruflichen Tätigkeit – ausgebildeter und diplomierter
Gymnasiallehrer, abgeschoben in das Archiv einer
Verwaltung ohne Kundenkontakte und aufgestie-
gen in die 15. Lohnklasse, sehrwahrscheinlich: Die
Einträge »LK 18«, »LK 16« und später »LK« ohne
Nummer, aber mit Ausrufezeichen, lassen darauf
schließen.[11] Vom Berg aus konnte man bei guter

---

zessen den nötigen Glanz zu verleihen, und war echt beleidigt über die milde Verurteilung. Immerhin, über den
Tisch gezogen hätte er sie, sagte er, grölte er. Cherubin
konnte erzählen.

11 Cherubin schmiß mit Hunderternoten um sich, die er
stets bündelweise in seiner Brieftasche liegen hatte. Er
schmiß Lokalrunden, um all jene zu beleidigen, die ohne
Geld waren. Das war er selbst zwar auch, aber nicht immer. Einmal kam er nachmittags in die »Sonne«, wo ein
paar Gewerbler – der Coiffeur, der Apotheker, der Metz-
germeister und Herr Augustin von der Schreinerei, auch
Mombelli Sepp – saßen, spendierte den Herren noch eine
gute Flasche und begann dann den Metzger anzupöbeln,
er habe keine Ahnung, was ein guter Schinken sei, er habe
da einen mit, den besten, aus dem Bünderland. Und er
verlangte nach einem Messer und einem Brett und schnitt

Fernsicht auch eine ganz kleine Spitze, eine minime Spitze des Matterhorns, sehen, man mußte halt wissen, wo. Kein Wort dazu zu seiner Frau. Und wenn er Leute sah, oben auf dem Berg sitzen sah, dann ärgerte er sich im Wissen, daß sie es nicht wußten. Aber kein Wort dazu – ungebildetes Gesindel. Und solche wollen Lehrer sein, war sein ständiger Gedanke, wenn er Lehrer sah. Und er verabscheute Schulreisen. Erst im Gymnasium war er dann – Lateinisch

---

Tranchen vom seinem saftigen Schinken. Und als alle den beleidigten Metzger aufforderten, doch auch vom Schinken zu versuchen, der sei nicht so ganz ohne, tat er es unwillig, wurde dann mehrmals herausgefordert, sich doch über die Qualität zu äußern, und sagte, nur um der Sache ein Ende zu machen, er sei nicht schlecht, gar nicht schlecht. Und Cherubin sagte nun, daß er noch zwei davon habe, draußen im Auto – Hammer besaß kein Auto –, und daß er sie billig abgeben könne, denn eigentlich seien sie von seinem Bruder, ein Geschenk, und was wolle er denn mit zwei Schinken als Alleinstehender, und er ging und kam nach zehn Minuten zurück mit zwei großen Schinken, und der Metzger begutachtete sie, machte dann ein sehr kleines Angebot, Cherubin marktete nur zum Schein, kassierte und ging. Als der Metzger später nach Hause kam mit seinen Schinken und sie in den Keller trug, konnte er sie wieder dort aufhängen, wo Hammer sie abgehängt hatte. Es fehlte jetzt nur noch einer, der angeschnittene, und zwei hatte er zweimal gekauft – das zweite Mal aber immerhin wesentlich billiger als das erste Mal.

und Griechisch – der beste, auch in Mathematik, die ihm keineswegs lag, aber die er sich in sein Hirn hämmerte. Auch da schon ein Langweiler, der seinen Lehrern keineswegs auffiel, sich am Unterricht nicht beteiligte, aber jede Prüfung fehlerlos bestand.[12]

Nur einmal, als ihm der Häfliger das Naturkundeheft zerknitterte, stand er auf, und Häfliger grinste und stand auch auf. Und da stellte er dem Häfliger – dem Häfliger – mit einem Griff an die Kehle den Schnauf ab, und der Häfliger zog den Schwanz ein. Sein Leben hätte ganz anders verlaufen können. Aber die Klassenkameraden nahmen nur zur Kenntnis, daß der Schwächere gewonnen hatte, wie es ab und zu im Fußball auch vorkommt und was ja auch – ab und zu – seinen Reiz hat. Aber er wäre nie zum Starken geworden, auch wenn er allen Starken den Schnauf abgestellt hätte. Er wäre ein Leben lang der Schwächere gewesen, der einen Stärkeren besiegt hätte. Hammer war keineswegs zum Verlierer prädestiniert, er war nur zum Schwächeren prädestiniert, der zwar ab und zu siegt – er war der Beste in der Klasse –,

---

12 Hammer war der beste, unwidersprochen der beste. Das hatte er beschlossen, und keiner widersprach ihm. Das muß ihm mal einer vormachen: 96 Fenster und 24 Türen an einem Tag. Daß man hier in der Gegend wußte, was ein Anschläger ist – etwas, das in anderen Gegenden nur wenige wissen –, dann war das dem Umstand zu verdanken, daß man wußte, daß Hammer ein Anschläger war.

aber es wurde ihm nichts zum Kraftakt, er stellte ihm
die Luft mit den Fingern ab, nicht mit dem Körper.[13]
Das hätte ja auch keinen Sinn gehabt, wenn er das,
daß er dem Häfliger den Schnauf abgestellt hat mit
vierzehn im Gymnasium, wenn er das seiner Frau erzählt hätte. Sie hielt ihn für einen Schlappschwanz,
also für so etwas wie ein Naturereignis, er war einfach da, und sie hatten ein Einfamilienhaus.
Ein Einfamilienhaus – so stellte er sich vor –, in das
man sich setzen könnte, in einem Morgenrock, einem seidenen zum Beispiel – er hatte sich mal einen
gekauft, einen weinroten oder purpurnen, nein nicht
hier, sondern in Aarau, aber er hatte ihn dann im
Büro in die unterste Schublade gelegt, gepreßt, ge-
stampft –, aber so in einem Haus sitzen, so ein Leben

---

13 Für Hammer war alles ein Kraftakt: Zeitung lesen, Radio
    hören, Fernsehen, Saufen selbstverständlich – schon das
    erste Große stemmte er am Henkel, als könnte nur er das,
    und wenn es jemandem aufgefallen sein sollte, dann be-
    stellte er gleich noch einen großen Bätzi dazu, aber auch
    das Verzehren – wer Hammer kannte, verstand den Be-
    griff – das Verzehren eines Schnitzels war ein Kraftakt.
    Mit der Gabel in der linken Faust, Messer in der rechten
    Faust rückte er ihm auf den Leib. Jeder Stich mit der Ga-
    bel, jeder Schnitt mit dem Messer ein Stück Leben, als
    hätten alle ohne Muskelpakete keine Chance, sich zu er-
    nähren. Sie hatten keine. So schob er ihnen ab und zu ein
    Stück zu, kräftig und unterstützt mit einem Kraftaus-
    druck, gopferdami. Eine Seele von Mensch!

in einem Haus verbringen,[14] so in einem Haus, das
später, nach seinem Tod, von Leuten besucht würde,
die sehen mögen wollen, wo er in seinem weinroten
Morgenrock gesessen, wo er sein Gedicht geschrieben hätte – das mit der Ruhe auf dem Berg und mit
den Bäumen –, also einfach in einem Haus sitzen,
einfach so sitzen und sitzend jemand sein. Sie ent-

---

[14] Wenn Cherubin ein Haus betrat – ein angeschriebenes,
aber auch andere –, dann nahm er es in Besitz, nicht
etwa einfach durch seine Körperlichkeit, die er durchaus
besaß, sondern viel mehr durch die Sonorität seiner
Stimme, auf die er vertraute, die er eine Oktave tiefer
ansetzte, die er mit einem Zwerchfell, das ihm bewußt
war, betätigte – auch das eine Eigenschaft, die er sich
schon bei den Evangelischen damals angewöhnt hatte,
als der Herr Gigon noch vorn vor den Bänken stand.
Herr Gigon, bezaubert von Cherubins Namen, betete
im Stillen dafür, daß aus ihm – ein' feste Burg ist unser
Gott – ein Haudegen Gottes werden möge – ein' gute
Wehr und Waffen –, und Cherubin hatte eine Stimme,
eine kräftige Stimme, die er ohne Scham einsetzte, so
wie auf dem Pausenplatz hinter dem Schulhaus, wenn er
sich prügelte, eine kräftige Stimme – Die güldne Sonne,
voll Freud' und Wonne –, ohne Scham, aber ein kleines
bißchen zu laut, ein kleines bißchen zu unfromm. Die
Demut, sagte Herr Gigon. Gegen Cherubin war kein
Kraut gewachsen, dem Teufel vom Karren gefallen, war
er einfach da, und er behauptete sich, weil es ihm nie um
die Macht ging, sondern nur um die Präsenz, wo er war,
da war er.

schlossen sich für ein neues Parkett im Wohnzimmer, er stellte sich das in Eiche vor, und es wurde wohl Fichte – einfach so für den Fall, sagten sie, aber was für ein Fall das sein könnte, darüber wurde nicht – jedenfalls ärgerte es ihn.

Er setzte sich in irgendeinen Zug, fuhr irgendwo hin, Richtung Welschland, das ihn daran erinnerte, daß er Französisch konnte, des Französischen mächtig war, wie er sich sagte, sich über all jene ärgernd, die es nicht konnten, aber er selbst – weil er nie mit jemandem sprach – sprach nie französisch. (Studiert hatte er Germanistik und Geschichte in Bern, Fribourg und München. In München hatte er ein Zimmer bei Friedrich Rust, der ein Studienkollege seines Vaters war.) Er setzte sich in den Zug – den Stein trug er abends in den Berg – und schaute in die Landschaft, die er bezeichnen konnte – Chasseral –, und suchte in der Landschaft alte Villen, in denen er hätte wohnen können, allein und mit einer großen Bibliothek, einem Eichentisch, an dem er gearbeitet hätte, eine deutsche Dogge ihm zu Füßen und eine Biographie auf und unter seinen Schultern, an der sich später Doktoranden die Zähne hätten ausbeißen können, Proust mochte er nicht, aber Stifters Witiko, niemand hatte ihn so oft wie er, damals mit 17, gelesen – ohne Interesse, aber mit dem Stolz, daß er es eben mehrmals gelesen hatte, ein Stolz, der auch seine Lehrer, denen er untertänigst untertan war, als lächerliche Banausen erscheinen ließ. Studieren hätte er alles können, alles ohne eigentliches Interesse, ein guter Schüler. Aber entschieden hatte er sich für nichts, nicht einmal für Germanistik – »Die Landschaft als Bild der positiven Trauer in Stifters Spätsommer« –, nicht für ein Haus oder eine Frau, aber trotz alledem für eine Biographie, er trug sie Stein um Stein auf den Berg und warf sie dort auf einen Haufen.[15] Adalbert Stifter hatte wenigstens

---

15 Den zwei Helfern, die Cherubin engagiert hatte im »Du Nord«, erklärte er, daß sie auch aufzutreten hätten wie Arbeiter und nicht etwa wie Gelegenheitsarbeiter. Es gehe erstens darum, als Firma aufzutreten, und zweitens müsse alles schnell gehen. »Professionell, verstehst du, professionell.« Sie fuhren also mit dem kleinen Lastwagen hinauf zur Giacometto-Grube, um den Sand abzuholen. Cherubin mit Aktenmappe, ohne Krawatte, ohne Anzug, aber durch und durch ein Unternehmer, einer von der Sorte, der auch noch selbst hätte mit anfassen können. Dieser Haufen muß aufgeladen werden, muß verdammt schnell aufgeladen werden – aber noch nicht jetzt. Er pfiff einem Arbeiter, ließ ihn zu sich kommen, zog ein Papier aus der Aktenmappe und verlangte nach dem Vorarbeiter. Streckte dem dann seinen Fackel hin. Er solle hier bestätigen mit Unterschrift, daß der Sand abgeholt worden sei – zwei Mal bitte, und er zog einen zweiten Fackel aus der Aktentasche, befahl den beiden aufzuladen, erklärte, daß er noch dringende Termine habe, und setzte sich ab in die Beiz, nicht ohne vorher den beiden noch je ein Zehnernötli in die Hand gedrückt zu haben. »Wenn ihr abgeladen habt, könnt ihr Feierabend machen – sauft nicht zu viel.«

25

gelitten. Er aber hatte eine Frau, die das Frühstück kochte, die Konfitüre einkochte, Hemden bügelte – immer dieselben, weiße –, die die Gartenbeete anlegte, Blumenkohl zog, ihn in der besten Bechamel kochte, besser als die seiner Mutter, nur Linsen konnte sie nicht – niemand konnte Linsen, auch Rosa nicht –, mit so einer Frau kommt man zu keiner Biographie.[16] Einmal zu Weihnachten schenkte sie ihm Kordhosen und ein Flanellhemd für auf den Berg, wie wenn er ein Bergsteiger gewesen wäre mit roten Socken, aber er war nur einer, der auf den (in den) Berg ging, nicht einer, der auf den Berg steigt. Ein Flanellhemd hätte ihm das Leben verleidet gemacht, und Umziehen – Sonntagskleider, Werktagskleider, Arbeitskleider, Freizeitdreß – war für ihn so etwas wie Charakterlosigkeit – Fremdsprachen auch, außer Griechisch und Latein selbstverständlich –, selbstverständlich und unausgesprochen. Er

---

[16] Also zuerst mal fünf Kilo Kalbsfüße, sagte Cherubin, und die so richtig auskochen, anbraten zuerst, bis sie schwarz sind, mit Bordeaux ablöschen, mit dem 47er – »Chateaux« – Zwiebeln, Knoblauch, Lauch, Sellerie. Cherubin konnte nicht kochen, aber fressen konnte er, und er stellte sich auch das Kochen als etwas Gewalttätiges vor. »Da muß etwas rein, zwei Handvoll schwarzer Pfeffer, Koreander, Thymian.« Er sprach die Namen der Gewürze aus, als wären es die Namen von Bataillonen oder römischen Heerführern. Und er schlug mit der Faust dazu auf den Tisch.

lebte in seinem Anzug, und damit basta. Hätte es Fotos von ihm gegeben, es wäre ein Leben lang immer dasselbe Foto gewesen, wie die Fotos von Adalbert Stifter, die auch immer dieselben waren.

Paul Demme wollte ihn einmal porträtieren. Er schob die Brille vorn auf die Nase, schaute über sie hinweg und sagte, daß er ihm mal sitzen könnte – nicht jetzt, im Herbst vielleicht, und Hammer stellte sich schon vor, daß er später im Museum hängen könnte, in einem Rahmen mit Messingschild.
Das war damals ein kleiner Kreis von Künstlern, sie trafen sich Dienstags um sechs in einem Stübchen des »Mistelis«. Und das war denn schon alles, sie waren ein Kreis von Künstlern und trafen sich, prosteten sich zu und spielten Gottfried Keller, der, so wußten sie, schweigsam war. Franz, der sang Volkslieder zur Laute am Radio, war auch dabei. Demme schimpfte auf den Bau der neuen Kantonsschule – und überhaupt diese moderne Kunst –, Augen, meine lieben Fensterlein. Einmal, so dachten sie, wird sich ein Biograph schon kümmern um diesen Kreis, der Direktor der Zentralbibliothek war auch dabei, und sie hatten ein Stammbuch.[17]

---

17 Cherubin war nie mit Leuten zusammen. Die Leute waren mit ihm, oder sie waren nicht. Er nahm nicht nur die Kneipe in Besitz, sondern auch die Gäste. Er saß in seinem Mobiliar, für immer und ewig und unsterblich. Und keiner war nicht stolz darauf, sein Freund zu sein.

Demme hatte in Paris studiert, war ein akademischer Maler, erzählte von einer Rothaarigen, einem Modell, Lovis Corinth hatte sie porträtiert, und fragte Hammer: »Sie haben also in München studiert«, und Hammer sagte ja und zermarterte sich das Hirn, weil er glaubte, es müßte ihm noch etwas dazu einfallen. »Alles zerbombt«, sagte er, »ich hatte ein Zimmer bei Friedrich Rust«, aber niemand wollte wissen, wer Friedrich Rust war. »Berühmt war er«, sagte Hammer. »Ach so«, sagten sie. »Wie, sagen Sie, hieß er, Rust, ach so«, sagte Demme. Hammer ging nicht mehr hin.[18]

Es ärgerte ihn schon, daß er nichts zu erzählen wußte über München, oder nicht eigentlich zu erzählen, Hammer erzählte nicht, aber daß ihm nichts einfiel dazu, das beschäftigte ihn schon. Die Frau Rust nannte ihn »Mein Errol Flynn«. Dem glich er nun gar nicht, groß, breit und dicklich, wie er war. Aber sie schlug ihm vor, sich einen Schnurrbart wachsen zu lassen, eben so einen schmalen wie Flynn, und er sperrte sich sieben Tage in sein Zimmer ein, um es auszuprobieren, aber seine Schnauz-

---

18 Cherubin war nicht von hier. Der war aus Zürich. Der war aus der Stadt. Der kannte sich aus im Niederdorf. Cherubin war nie von da, wo er war. Er war ein Herr, ein Monsieur, und die Herren kommen nie von hier.

haare waren blond. Frau Rust schleppte ihn in die Kneipen, forderte ihn auf, Korn zu trinken und Bier, drängte sich an ihn und. Er fürchtete sich in München.

Mit dreizehn wurde er zu Hause in Zollikofen verprügelt von Faschisten, weil sein Vater ein Antifaschist war. So richtig zusammengeschlagen. Der Gemeindepolizist, ein Schwinger, ging dann hin, zu denen nach Hause, hat ihnen die Hosen runtergelassen und ihnen den Hintern versohlt, nicht etwa, weil er auch ein Antifaschist war, sondern weil er keine Politik wollte im Dorf. Man hatte bereits eine Politik, eine richtige und anständige, und wollte nicht noch eine mehr, diese Sozialdemokraten und überhaupt. Gegen Hitler war man ja schon, aber nicht so fanatisch wie diese Sozis. Die waren ja auch gegen die Armee, und die Faschisten waren das immerhin nicht, und wenn man schon gegen die Faschisten sein wollte, aber vorläufig, so sagte der Gemeindepolizist, geht es um die Ordnung. Die Hammers mochte er schon nicht. Sie hatten so etwas Intellektuelles, so ein bißchen was Jüdisches, aber gescheit waren sie schon, der Herr Dr. Hammer arbeitete bei der Zeitung. Und also daß da einfach einer zusammengeschlagen wird, da haben die etwas falsch verstanden, in Deutschland war Ordnung. Hammer wurde jedenfalls nie mehr verprügelt, und nach dem Krieg ging der Dorfpolizist erhobenen Hauptes durch das Dorf und behauptete, daß man mit Zivilcourage alles hätte verhindern können.[19]

An Hammer aber ging alles einfach so vorbei, die Prügel und alles, sein Vater, der ein Antifaschist war, ein bürgerlicher Antifaschist, der durchaus überzeugt war von der Führungsaufgabe der europäischen Welt, der durchaus glaubte an ein neues Europa, das sich an Goethe, Schiller und Beethoven orientieren würde, aber so nicht. Im »Bären« haben sich der Redaktor Hammer und der Dorfpolizist jedenfalls die Hand gedrückt und sich tief in die Augen geschaut, und Dr. Hammer hat sich auch entschuldigt für seinen Sohn, der eben ein bißchen eigen sei, aber sonst gut in der Schule. So ein bißchen Schliff, so wie in Deutschland, hätte ihm jedenfalls nicht geschadet. Nur wenn er ein Semester in Deutschland mache, sagte der Vater nach dem Krieg, sei er weiterhin bereit, dafür zu bezahlen. Er sei, so sagte Cherubin dann dort allen, ungefragt, denn wer hätte ihn

---

[19] »Der kommt mir nicht ungeschoren davon«, sagte Studer, der Polizist, »da rückt man aus, mitten in der Nacht, und am anderen Tag lassen sie ihn laufen, den Herrn Hammer.« Und er lehnte sich zurück, zog an seinem Stumpen und sagte bedeutungsvoll leise: »Wir haben da unsere Informationen, in Deutschland, da war was.« »Der Studer, das ist ein netter Kerl, aber ein Polizist ist das nie, der ist zu weich«, sagte Cherubin, »so macht es keinen Spaß.«

danach fragen sollen, in der Schweiz als Kind von Faschisten verprügelt worden. Das gab es also in der Schweiz.

In einer Studentenverbindung war er auch mal, in Bern bei den »Zofingern«, aber nur als Spefuchs, der spätere Bundesrat Bindschedler war sein Fuchsmajor, ein freundlicher Mann, aber als er dann nicht mehr hinging, hatte ihn auch niemand danach gefragt. Er hat schon nicht so gut dazu gepaßt, »Heißt ein Haus zum Schweizerdegen«,[20] das hatte ihm eigentlich gut gefallen. Den Bundesrat Bindschedler hatte er dann einmal von weitem gesehen, auf dem Bahnhof in Solothurn, aber eben diese verdammte Untreue, er schämte sich schon, daß er nicht mehr dazugehörte, aber dazugepaßt hätte er nicht. Das »Gaudeamus igitur« aber – »Pereat tristitia« – das war schon noch, noch lange, in seinem Kopf. Hitler hatte die Studentenverbindungen immerhin verboten – immerhin –, die Freimaurer auch. Und er, Hammer, war immerhin verprügelt worden von Faschisten. Da soll ihm keiner kommen, wenn er gegen dieses ausländische Pack sei, Wirtschaftsflüchtlinge, und die Juden hätten ja ganz schön profitiert davon, daß sie verfolgt worden seien, man dürfe ja nicht einmal etwas sagen. Die Franzosen hätten eben eine schwache Armee gehabt, und die Maginotlinie

20 Cherubin haßte jede Form von ritualisiertem Trinken. Trinken war Präsenz, Anwesenheit, Leben. War Arbeit.

sei ein Blödsinn gewesen. Sein Vater habe 1910 noch mit der Schweizerischen Journalistendelegation Amerika besucht und sei von Präsident Wilson im Weißen Haus empfangen worden. Er habe damals, Amerika war etwas Gewerkschaftliches, recht freundlich über Amerika berichtet, und seine Kommilitonen, er war nicht »Zofinger«, er war »Helveter«, hätten ihm das damals übel genommen.

Deutsch waren sie schon, die Studentenverbindungen – »Alt Heidelberg, du feine, du Stadt an Ehren reich« –, und das fiel ihm jetzt wieder ein in München.[21] Er begann auch zu träumen von Frau Rust. Sie gefiel ihm schon. Ein bißchen sehr blond war sie schon, ein bißchen unzurechnungsfähig auch, eine Trinkerin halt.[22] »Mein Flynnchen«, sagte sie, sie

---

21 Cherubin erzählte nie von Deutschland, nur davon – und das mit lautem Stolz –, daß er da im Gefängnis saß. Ich stellte mir Cherubin Hochdeutsch sprechend vor, und ich konnte es mir nicht vorstellen.

22 Cherubin liebte die Bertha zärtlich. Er hatte sie dem Jost, einem Walliser, abgejagt. Jost arbeitete bei Berthas Bruder, dem reichen Besitzer einer heruntergekommenen Taverne mit Hotelzimmern. Fünf Franken die Übernachtung im Sechserzimmer. Da schliefen mitunter auch Herren, richtige Herren. Aber irgendwie gehörten Frauen nicht in die Welt von Cherubin, er hatte sich entschieden, ein Mann zu sein, ein richtiger Mann, einer, der nichts nötig hat (»Habe ich das nötig?«), auch Frauen nicht. Bertha aber nahm er ab und zu in seine starken Arme,

wurde zutraulich, und sie war verschlafen und verschlampt beim Frühstück, ihr Gähnen erinnerte an Schlaf, an Schlaf und Nacktheit, aber sie war eine Deutsche. Sie war die, von der man gesungen hatte bei den »Zofingern« – Steine auf den Berg tragen, Steine auf den Berg tragen, in einem Schaltjahr 366 –, sie konnte so gut, so verdammt gut deutsch, so schnell und so mühelos, und eine Säuferin war sie, und der arme Dr. Rust, den alle kannten – die Taxichauffeure fuhren nicht, während er sprach am Radio –, der arme Herr Dr. Rust hatte sie oft zwei, drei Tage zu suchen in den Kneipen – »gerade eben war sie noch hier« –, sie wäre wohl schon zu haben gewesen, und eine Frau haben, das wäre ja schon etwas gewesen. Vielleicht war sie Jüdin, irgendwie saßen

---

und der Bruder von Bertha gab ihm Hausverbot, weil er annahm, daß Cherubin hinter seinem Geld her war, und das nahmen wohl auch alle anderen an. (Er aber liebte sie zärtlich.) Und er kümmerte sich nicht um das Hausverbot. Es war lustig, wie der kleine, etwas ältlich wirkende Wirt den kräftigen Cherubin ab und zu – nicht immer wieder – aus der Beiz warf. Er stellte sich vor ihn und drängte ihn mit seinem kleinen Kugelbauch, Stoß für Stoß, aus der Tür. Ein paar Minuten später kam Cherubin wieder herein, mit einem Korb voll Holz und legte im Ofen Scheiter nach, ging runter in den Keller, holte Wein und Bier und füllte die Schubladen der Theke auf. Er war einfach hier, da konnte man nichts machen. Er war hier. Und Bertha war seine Freundin. Die gehörte ihm. Da konnte man nichts machen.

die doch im selben Boot, die Deutschen und die Juden, Trinkerin jedenfalls, verrucht, verkommen – das wäre schon etwas gewesen. Er stellte sich schon vor, daß sie kommen könnte, eines Nachts – sie roch so gut –, kommen könnte und über ihn herfallen in ihrem Negligé. Gottfried Keller hat seinen »Grünen Heinrich« in Deutschland geschrieben. Oder so Gedichte schreiben wie Fontane im Lesebuch. Herr Rust war Theaterkritiker. Das würde ihm ja niemand glauben, daß Frau Rust gekommen wäre und über ihn hergefallen wäre in ihrem Negligé.

Er kam nach Hause, trank einen Milchkaffee, nahm seinen Rucksack, einen richtigen mit Schlaufen für das Seil und den Gletscherpickel, nicht einfach so eine Lunchtasche, sondern einen Rucksack, ging zum Bach, um den Kiesel zu holen, und trug ihn zum Berg. Und zu Hause saß seine Frau, geborene Fässler, Rosa. Eine gute Frau. Kochen konnte sie, sie wird jedenfalls traurig sein, wenn er stirbt, sie wird noch einige Wochen abends um halb sechs einen Kaffee auf den Küchentisch stellen und sagen: »Da saß er, der Hammer, ein guter Mensch.«[23] Oder sie

---

23 Als Cherubin starb – er hätte sich geärgert darüber, aber er bekam es nicht mit, Herzschlag –, war Bertha nur noch eine Hälfte. Nein, nicht wie eine Witwe, und sie war auch nicht ein Teil von Cherubin, Cherubin war ein ganzer Mann. Sie wurde nach seinem Tod zu einer Hälfte von etwas, das es als Ganzes nie gab. Sie kaufte sich ein

wird vor ihm sterben, dann wird sie begraben werden müssen. Der Sohn in Zürich müßte benachrich-
tigt werden. Und er trug seinen Stein zum Berg.
(nicht täglich, täglich nicht – seine Biographie ist ihm
gründlich mißlungen, die Vorstellung, daß er durchgebrannt wäre mit Frau Rust, durchgebrannt nach
Südamerika und der Kerl gewesen wäre, der durchgebrannt wäre mit der Frau von Friedrich Rust.)

Totschlagen hätte er ihn sollen, den Häfliger, nicht
nur ein bißchen würgen, nicht nur die Luft abstellen,
und dann flüchten. Im Napfgebiet eine Spur von
Brandschatzungen hinter sich lassen und alles den
Armen verteilen und gefürchtet sein wie Andreas
Hofer – »In Mantua in Banden« – und gefangenge-
nommen und eingekerkert in Witzwil oder auf dem
Thorberg und sich dann hinstellen und die ganze
Odyssee auswendig im Original deklamieren und
Angst verbreiten mit griechischen Vokabeln.
Der Weg zum Berg aber war beschwerlich. So oft
er ihn auch schon gegangen war – ein paar tausend
Mal wohl schon, es gab so Striche in »Die Tage-

---

kleines Hündchen und bald auch ein zweites, und sie stol-
perte mit den beiden durch die Stadt, freute sich, Leute zu
treffen, die Cherubin noch kannten, sprach nie mehr von
ihm und lebte ohne Klage. Noch viele Jahre später hörte
man ab und zu die Frage, ob Bertha noch lebe – sehrwahrscheinlich nicht, vielleicht in irgend einem Altersheim auswärts.

bücher«, so Striche wie beim Jassen, immer vier und der fünfte quer darüber, nach ein paar Strichen immer wieder aufgegeben, offensichtlich verärgert mehrmals durchgestrichen, verärgert, weil die Statistik nicht gelingen konnte, weil, wenn auch der Weg fast immer derselbe war, er eben nur fast derselbe war –, so oft er ihn auch gegangen war, er blieb beschwerlich.[24] Dem Hammer wurde alles zur Last, er war schon als Kind ein schlechter Turner, der schlechteste in der Klasse, tolpatschig und paßgängerisch. Jeder andere hätte durch das dauernde Wandern, bergauf und bergab, eine Kondition bekommen. Ihm aber fiel es schwer, eine seiner großen Schuhnummern vor die andere zu setzen, eine Schuhnummer vor die andere, ein ganzes Leben lang.[25]

---

24 Seine Sauftouren machte Cherubin mit dem Taxi. Und wenn der Weg von der einen Beiz in die andere auch nur 30 Meter war, etwa von der »Blume« ins »Tramwägeli«, es wurde mit dem Taxi gefahren. Der Taxifahrer wurde vorerst zu einem Kaffee eingeladen, dann wurden ihm zehn Franken in die Hand gedrückt und ihm aufgetragen, in einer Viertelstunde wiederzukommen, und wenn er wiederkam, war das nächste Bier schon wieder nicht ausgetrunken.

25 An der Grand Dixence haben sie nur einmal gearbeitet, nur kurz, ein paar Tage – aber ein Heidengeld wäre da zu holen gewesen. Es lief alles schief. Sie waren zu fünft, Eisenlegen, Cherubin der Chef – »Hammer und Hammer und Co, Armierungen« –, Akkord, da war was zu holen.

Es gab schon Leute, die wußten, wer diesen Steinhaufen angelegt hatte, da oben, aber wohl niemand
fragte sich, warum, halt eben ein eigenartiger
Mensch, und sie fürchteten sich vor ihm. Er grüßte
nicht, er lächelte nicht, er verachtete die Natur-
freundlichkeit der Wanderer, und er konnte stehen
bleiben, Leute lange anschauen und fragen: »Woher
kommen Sie?« hörte aber nicht zu, wenn die Leute
umständlich versuchten, freundlich zu antworten.
Auf dem Rückweg konnte er etwas gesprächiger
sein, aber unangenehmer auch, und seine Fragen be-
kamen den Tonfall eines schnauzbärtigen Polizisten.
Und überhaupt all das Pack, daß sich da herumtrieb.
Er konnte sich nicht vorstellen, was all die, die nicht
einmal Stifter gelesen hatten, hier im Wald zu suchen

»Aber verdammt schnell muß das gehen, versteht ihr, ihr
Lahmärsche, verdammt schnell«, und er legte sich selbst
ins Zeug und machte ihnen vor, was Arbeiten ist, ver-
abschiedete sich aber schnell und ging, wie er sagte, auf
Rekognoszierung, kam zurück, legte die Hände auf den
Rücken und sagte: »Wir haben den Auftrag auf fest, ein
gutes Jahr Arbeit, ihr werdet noch alle reich, ihr Dumm-
köpfe.« Am nächsten Tag arbeitete er wieder mit, und
am übernächsten kam er und sagte: »Ich fahre nach Lau-
sanne, wegen des Vertrags.« Und da wußten sie eigentlich schon, daß er Geld in der Tasche hatte, einen Teil
kassiert und einen Teil vorkassiert. Sie arbeiteten dann
noch zwei, drei Tage und schlichen sich dann einzeln davon.

hatten. Die Pilze kannte er – alle! Aber er haßte Pilze, sie trieben im Spätsommer und im Herbst all dieses Gesindel in den Wald – Spätsommer.

Der Sohn, Arzt in Zürich, besuchte ab und zu Hammers Frau – Mutter seines Sohnes, Arzt in Zürich –, fühlte ihm dann mal den Puls und sagte: »Gut.« »Gut durchtrainiert«, sagte er. Das ärgerte Hammer.

Ein Gedicht über Jäger (»... schallt durch den Wald ...«) hatte er mal geschrieben, aber solche Jäger gab es nicht mehr, diese verfluchten Bonzen, die sich einfach abends eine Flinte umhängen. Wie sollte er in einer solchen Welt zu einer Biographie kommen? Aber wenn er in der »Hinteren Egg« saß, beim Senn oben auf dem Berg, eine Wurst aß und einen halben Roten trank, da hatte er schon das Gefühl, daß er in einem Leben saß. »Da ist er gesessen«, werden sie sagen, und schon während er saß, fühlte er sich gesessen habend. Er lebte sein Leben in der Vergangenheit, und wenn er in der Beiz saß, fiel ihm nicht etwa ein: »Ich sitze in der Hinteren Egg«, sondern: »Er saß in der Hinteren Egg«. Die werden noch staunen.[26]

---

26 Cherubin war alles andere als ein Besserwisser, ein Wisser. Da gab es keinen Widerspruch, er wußte es. »Ein Feste Burg ist unser Gott«, das konnte er noch auswendig. Und neben ihm saß Roger – Roschee –, der war klein und schmächtig und hatte so Pickel im Gesicht, war aber

Gegen seinen Vater hatte er erst etwas, als er nicht mehr lebte, und an seine Mutter erinnerte er sich ungern. Sie beleidigte ihn mit naiven Fragen, wenn er aus der Schule kam, zudem erinnerte sie ihn inzwischen an seine Frau Rosa, die er zwar hatte, an die er aber nicht erinnert werden wollte.

in der Fremdenlegion, Agadir, staunte aber trotzdem über seinen starken Freund, und Cherubin nahm sein Großes, hob es, prostete dem Kleinen zu und sagte: »Ex! Cépi blanc!« Und Roschee sagte: »Damals in Agadir...«, und Cherubin winkte ab, und Roschee lächelte, war stolz darauf, der Freund des Großen zu sein, und konnte auch kein Französisch.

Rosa Fässler

Niemand, auch nicht Adalbert – der Sohn aus Zürich, Arzt –, wäre auf die Idee gekommen, daß Adalberts Frau, Marianne, der Mutter Adalberts gliche. Marianne war eine fröhliche Frau, laut und offen, und Rosa Hammer, geborene Fässler, freute sich, wenn die beiden – selten genug – zu Besuch kamen. Hammer mochte Besuche nicht. Er stand auf, ging in sein Zimmer, zog die Tür hinter sich zu und drehte resolut und hörbar den Schlüssel. Die Mutter und Adalbert wußten, was das meinte. Als Adalbert noch ein Kind war, wurde es auch flüsternd ausgesprochen: »Der Vater schreibt«. Später war das nur noch ein ergebenes Kopfnicken der Rosa – der Vater schreibt. Wenn Adalbert von seiner Frau Marianne nach seinem eigenartigen Vater gefragt wurde, wurde er still wie einer, der sich an etwas erinnern will, wovon er im voraus weiß, daß er sich nicht erinnern wird, und sagte dann meist: »Nein, geschlagen hat er mich nie, nicht ein einziges Mal«, und erinnerte sich, wie still alles war zu Hause, kein lautes Wort zwischen Vater und Mutter, keine Umarmung, kein Kuß auf die Wange. Schon als Kind dachte er sich, daß sie, seine Mutter Rosa, einst vor langen Zeiten eine wunderschöne Frau gewesen sein mußte. Er liebte die kleine Narbe über ihrer linken Augenbraue.

Ihm gestand sie auch, er hatte eben die Matura ge-

macht und begann sein Studium in Basel, daß sie nie in der Sekundarschule gewesen war, und sie nahm ihm das Versprechen ab, daß er das niemandem, und vor allem dem Vater nicht, sagte. Ihr Lehrer damals hatte sich dafür eingesetzt, daß sie die Aufnahmeprüfung machen sollte, und sie war eine der besten in der Klasse. Ihr Vater aber verbot es. Es genüge, wenn eine der drei, die Älteste, eine »höhere« Bildung habe, und zu Hause gäbe es genug zu tun. Wenn Adalbert seine Mutter auf die kleine Narbe über ihrer linken Augenbraue ansprach, begann sie zu erzählen.

Ihr Vater, Lokomotivführer, war aus der Ostschweiz in die Gegend von Bern gekommen, ungern, und er blieb ein Leben lang ein Bauer (BGB). Sie hatten Schafe und Kaninchen – Castor-Rex, die schönen, rehbraunen – und in der Stube lauter Pokale, Plaketten und Diplome von Ausstellungen und Wettbewerben. »Nichts als eine Staubfängerei«, sagte ihre Mutter, eine Frau, so still und ergeben wie Rosa inzwischen selbst, aber kräftiger, sie hatte zu tun mit den Schafen, den Kindern, den Kaninchen und dem Garten, und sie stand auf ihren Beinen. Und sie hatten einen Hund, einen Baster mit viel Appenzeller Sennenhund drin. Der konnte sprechen, richtig sprechen mit seinen Augen, und man verstand jedes Wort. Dies aber erst, nachdem er die kleine Rosa in den Kopf gebissen hatte, über dem linken Auge, es mußte genäht werden. Der Hund, er

hieß »Hans« und war ein richtiger Bub, ein richtiger
Mann, hatte sich sehr geschämt dafür, daß er gebissen hatte, und von da weg begann er zu sprechen und
wurde Rosas Freund. Ihm konnte man alles erzählen, und er saß da und hörte richtig und mit viel
Ernst zu. Und er konnte sogar lächeln, nicht mit seinem Gesicht, aber mit seinen Augen. Sie gingen nie
mit ihm spazieren. Der Vater sagte, und da hatte er
recht: »Hunde, mit denen man spazieren geht, das
sind keine Hunde.« Aber er war immer dabei, wenn
die drei Schwestern unterwegs waren. Sie waren zu
viert, die drei Schwestern und Hans, der Bub. »So,
ihr vier«, sagte Grädel, ein Nachbar, wenn sie an
seinem Haus vorbeikamen. Sie hatten es schön, eine
gute Jugend, Rosa war zwar die stillste von den
dreien mit einer Neigung zum Dunkeln, zur Melan-
cholie, aber sie trug durchaus den Übermut im Herzen. Manchmal und immer wieder, wenn sie unterwegs waren, legte sich der Hund plötzlich auf den
Boden, oft mitten auf der Straße, und spielte den toten Hund, da konnten sie an ihm zerren und stoßen,
da konnten sie rufen und pfeifen, es nützte alles
nichts, sie mußten zu Hause den Veloanhänger holen, oft hatten sie da eine Stunde hin und her. Eine
aber, die Jüngste, Vroni, mußte bei ihm bleiben. Sie
setzte sich neben den »toten« Hund und wartete,
denn wenn niemand bei ihm blieb, stand er auf und
haute ab und kam oft erst nach Tagen wieder zurück. Sie luden also dann den Hund auf den Anhänger und zogen ihn nach Hause, oft unter Anteil-

nahme des ganzen Dorfes. »So, so«, sagte Grädel, »ist er wieder einmal tot, der Hans.« Zu Hause ließen sie vorerst einmal den Anhänger stehen, und Vroni setzte sich wieder daneben, und der Hund blieb »tot«, er wartete darauf, ausgeladen zu werden. Und wenn sie es dann taten zu dritt, ein schwerer »toter« Hund, und ihn vorsichtig auf die Erde legten, dann sprang er auf, rannte kläffend ums Haus und war wieder ein richtiger Hund. Der war schon gescheit, der Hans, und eine schöne Jugend war das schon. Wenn Adalbert seine Mutter auf die kleine Narbe über ihrem linken Auge ansprach, begann sie zu erzählen.

Sie war die beste Schwimmerin in der Klasse, und später, einen ganzen Sommer lang, war sie denn auch eine richtige Schwimmlehrerin im Bad, das war eine gute Zeit. Sie nahm auch Kurse dafür in Bern, im Marzili, und sie begann auch zu trainieren mit dem Schwimmclub dort, und man versuchte sie zu überreden, an Wettbewerben teilzunehmen oder gar an den Schweizermeisterschaften, aber das hätte der Vater gemerkt, das durfte sie nicht. Ein Jahr lang war sie in Frankreich nach der Schule, um Französisch zu lernen. Ihre Arbeitsschullehrerin heiratete in die Nähe von Nizza und nahm sie gleich mit. Sie versprach auch, ihr Französischstunden zu geben, aber sie konnte es wohl selber noch nicht so richtig, und Rosa erzählte nie von Nizza – nur, daß sie dort gewesen sei –, denn sie fürchtete sich davor, daß man nun hätte annehmen können, daß sie Französisch konnte, und das hätte sie ja eigentlich auch können müssen, wo sie doch ein Jahr dort war, aber sie konnte es eben nur ein bißchen. In der Sekundarschule war sie nicht. Handarbeiten machte sie gern, und sie stellte sich auch vor, daß sie nach dem Französischjahr eine Schneiderinnenlehre machen würde, stellte sich vor, wie sie sich durchsetzen würde gegen den Vater, und übte im Kopf immer wieder die Szene: »Und wißt ihr was, ich werde Schneiderin!« Sie würde nach Hause kommen, freudig begrüßt von Hund und Familie: »Da ist sie ja, unsere kleine Rosa, sag doch einmal etwas auf Französisch«, und sie würde die Freude erwidern, übersprudelnd erzählen von Nizza und daß die Mandelbäume blühen, und dann, mitten im Redefluß: »Und wißt ihr was, ich werde Schneiderin.« Aber als sie zurückkam nach einem Jahr, war der Hund tot, der Vater auf der Arbeit, die ältere Schwester bereits in Langenthal, die jüngere in der Lehre als Krankenschwester, und die Mutter sagte: »So, wie war die Reise«, und sie sagte nicht: »Sag mal etwas auf Französisch«, und als der Vater nach Hause kam, war er müde und sagte: »So, so, die Rosa«, und Rosa wußte, daß die Gelegenheit nie mehr kommen würde, fröhlich mitzuteilen, daß sie Schneiderin werde. Wenn aber Adalbert sie auf die kleine Narbe über dem Auge ansprach, begann sie zu erzählen.

So kam sie halt dann nach Langenthal. Ihre ältere Schwester, das Hedi, hatte einen Koch geheiratet, *einen richtigen dicken Koch, den Sepp, einiges älter als sie und bekannt in der Gegend, »Chez Sepp« hieß sein Restaurant, und Hedi erwartete das erste Kind, und da war viel Arbeit, und da ging Rosa halt ein bißchen helfen, und das Kind kam auf die Welt, der Melchior, und es blieb viel Arbeit, ohne Lohn, sie war ja nur zum Helfen gekommen, ein bißchen Taschengeld ab und zu, um das sie allerdings bitten mußte. Der Sepp war privat nicht so laut wie in der Küche und im Restaurant, still war er wie der Vater, ja wie der Vater.*

Und Rosa wurde zwanzig und zweiundzwanzig und fünfundzwanzig und war immer noch da zum Helfen und hatte immer noch keinen Freund, und Rosa war eine schöne Frau mit ihrer wunderschönen kleinen Narbe über dem linken Auge. Einer der Gebrüder Pulver, ein bekanntes Ländlerorchester – berühmt, die Gebrüder Pulver –, hatte ihr Briefe geschrieben, und sie schrieb auch zurück, ein netter Mann. Er machte ihr einen echten Heiratsantrag, aber sie hatte Angst, sie fürchtete sich vor Ländlermusik, denn da wurde zum Tanz aufgespielt, und Tanzen hatte sie nicht gelernt, und die Gebrüder Pulver waren zu berühmt. Rosa schrieb ihm zurück, sie sei verlobt. Und so wurde sie dann eben fünfundzwanzig und hatte immer noch keinen Mann.
Herr Doktor Hammer hatte eine Stellvertretung an der Sekundarschule in Langenthal und kam jeden Mittag ins »Chez Sepp«, schon über dreißig und

schon ein alter Mann, so ein Professor halt, der sich Tag für Tag umständlich einrichtete am Tischchen neben dem Buffet, seinen grasgrünen Regenmantel Tag für Tag erst über den einen, dann über den anderen Stuhl legte, dann wieder über den einen, seine schwere Mappe wieder aufnahm, fest in die rechte Hand, als wollte er wieder gehen, den Mantel am Aufhänger in der Linken zum Kleiderhaken an der anderen Wand trug, die Mappe dort wieder abstellte, den Aufhänger des Mantels mit beiden Händen über den Haken stülpte, und die Mappe wieder aufnahm und sie zurücktrug zum Tischchen. Rosa beobachtete inzwischen von hinter dem Buffet die anderen Gäste, und es tat ihr weh, wenn sie lächelten. Der Herr Doktor Hammer tat ihr ein bißchen leid, aber sie hätte nie fragen sollen, wie er mit Vornamen heiße – »Cherubin!«*

Niemand, auch nicht Adalbert – der Sohn aus Zürich, Arzt –, wäre auf die Idee gekommen, daß Adalberts Frau, Marianne, der Mutter Adalberts gliche. Marianne war eine fröhliche Frau, laut und offen, und Rosa Hammer, geborene Fässler, freute sich, wenn die beiden – selten genug – zu Besuch kamen. Und wenn sie wieder gegangen waren, vielleicht kriegt Marianne doch noch Kinder, setzte sich Rosa hinter ihren Strickkorb, griff unter die Wollknäuel, zog einen Briefumschlag hervor. Darin hatte sie zwei Fotos aufbewahrt von damals, als sie im »Chez Sepp« *im Service war, und sie betrachtete die Fotos und fand sich eigentlich schön darauf.*

Der Nachlaß des Vaters, ganze Stöße von Manuskripten und Briefen, ging an ihn. Aber es gab ihn jetzt nicht mehr, ein paar Briefe von Robert Walser müssen auch darunter gewesen sein. Das hatte er nie begriffen, das mit dem Walser. Also irgendwo konnte er schon noch sein, der Nachlaß – seine Schwester[27] war daran nicht interessiert, sie war eher wie die Mutter –, nach dem ersten Umzug von Muri nach Burgdorf, da war er jedenfalls noch mit dabei, der Nachlaß. Als er starb, der Vater, da war dem Hammer, als wäre er nun zu alt. Er mochte sich vorgestellt haben zu leben, wenn ihm der Vater nicht mehr im Weg stehen sollte, aber er stand ihm eigentlich erst im Weg, nachdem er gestorben war, erst als niemand mehr von ihm sprach.

Schon mit dreizehn schlich sich Hammer unter irgendwelchen Vorwänden – er hätte einem Schulkol-

---

27 Seine Schwester, Konvertitin, die »Katholische«, wie Cherubin sagte, und die in einem strengen Frauenkloster lebte, schickte ihm ab und zu Geld im Wissen, daß er, der dem Teufel vom Karren gefallen war, arm sein müsse. Die Vorstellung, daß sie – und wie sie, die Klosterfrau – an dieses Geld immer wieder kam, machte dem Cherubin seine Schwester liebenswert. Und nur aus diesem Grund wies er das Geld nicht zurück.

legen bei den Aufgaben zu helfen – ins Theater. Die Mutter hätte das erlaubt, und dem Vater wäre es recht gewesen. Deshalb schlich er sich. Sein Vater besuchte aus beruflichen Gründen die Premieren, saß im Parkett, grüßte und wurde gegrüßt. Das war später, als er das sah, als er sich verirrte in die Iphigenie von Goethe. Vorerst aber ging er nur in Operetten, wo es um Liebe ging und die Mädchen tanzten, und die Vorstellung, daß die Operettenbesuche seinen Vater ärgern könnten, befriedigte ihn. Zudem stellte er sich vor, daß seine Mutter Operetten besuchen würde, wäre sie nicht die Frau seines Vaters. Oben im zweiten Rang – Stehplatz hinter einer hohen Wand, auf die man, wenn man sich streckte, die ausgebreiteten Ellbogen legen konnte, die langen Hosen, zu Hause heimlich aus dem Schrank genommen, zog er sich auf der Bahnhofstoilette an, über die kurzen – standen stets am Dienstag, Operette, dieselben Leute neben ihm, er war stets, wie sie auch, eine Dreiviertelstunde früher da, weil er, wie sie, in der Mitte stehen wollte, eine Familie, Vater, Mutter, zwei erwachsene Töchter, rotblond und Sekretärinnen vielleicht, ein Sohn, noch in der Lehre als Bauschreiner, der konnte so Tricks mit Banknoten, die mußte man nur richtig falten, dann erschien das Bild, als wenn es ein weiblicher Geschlechtsteil wäre, der erste, den Hammer abgebildet sah, und er sparte sein Taschengeld zusammen, bis er an eine Zwanzigernote kam, aber die Faltung gelang ihm nicht, und zudem wußte er nur, weil darüber gelacht wurde und das Wort – Futz – erwähnt wurde, daß in dieser Faltung, richtig ausgeführt, der weibliche Geschlechtsteil zu sehen gewesen wäre. Er selbst sah ihn damals nicht, er wußte nur, daß er gesehen hatte – gesehen, aber nicht erkannt.

Die Iphigenie – er war schon enttäuscht, als im Programm nur fünf Schauspieler standen – trat also aus dem Tor, breitete die Arme aus – »Heraus in Eure Schatten, rege Wipfel des alten, heiligen, dichtbelaubten Haines« –, und die Ärmel fielen in großen Falten von ihren Handgelenken, er träumte später davon. Pornographie war damals unerreichbar, und man hatte sie selbst herzustellen. Die Familie klaute dann auch ab und zu einen Glasstab von den Lüstern, die hier oben, Rang unter der Decke, erreichbar waren. Ob man das, fragte er sich, der Polizei melden sollte.[28]

Als er noch klein war, damals in Zollikofen – klein war er eigentlich nie, er war immer etwas zu groß, etwas zu schwer, etwas zu langweilig –, als er noch klein war, sagte er mal am Tisch beim Essen – sein Vater sprach nie, der saß oben am Tisch, haßte es, am Tisch einer Familie sitzen zu müssen, und be-

---

28 Als einmal einer kam und nach so einem Glasstab für so einen Leuchter fragte, sagte Cherubin: »Nur en gros – kistenweise jederzeit –, etwa dreitausend Stück, Solingen.«

schäftigte sich mit seiner Bedeutung –, sagte er: »Ich werde mal einen Roman schreiben.« »So, du wirst einen Roman schreiben«, sagte der Vater. »Laß ihn!« sagte die Mutter. »Was soll das denn für ein Roman werden«, fragte die Mutter. »Ein Roman über Liebe«, sagte der kleine Hammer, »das gibt es noch nicht, einen Roman über Liebe, das gibt es nur in Operetten.« Der Tisch nahm das wortlos entgegen.[29] Aber Hammer schämte sich ein Leben lang für den Satz, auch als der Vater und die Mutter schon längst tot waren, und auch wenn niemand sonst den Satz je gehört hatte, er hätte ihn doch lieber nicht gesagt. Eintrag Tagebuch: »In einer Welt des Schweigens bleiben die Sätze stehen.« Als ihn niemand mehr auf seinen Vater ansprach – »Sind sie etwa der Sohn von Hugo Hammer« –, war es schon zu spät, waren die Sätze schon eingebrannt ins Hirn, die eigenen Sätze.

Das mit dem Hochdeutsch, das hatte ihm schon gefallen in München. Endlich so reden, wie die ge-

---

29 Einmal in der Bibelstunde, als sich die Köpfe der Frommen über einen Psalm beugten – »Ich hebe meine Augen ... von wo mir Hilfe kommt« –, sagte der kleine Cherubin in die Stille: »Vielleicht werde ich Prediger«, und die Köpfe erhoben sich langsam und erschreckt, und Cherubin schaute in die erschreckten Köpfe und sagte: »Verdammt, da könnt ihr was erleben«, und die Köpfe senkten sich wieder.

schrieben haben, Stifter und Goethe und Mörike, das fiel ihm auch leichter, es war so, wie wenn man Geschriebenes sprechen würde, wie wenn das, was man spricht, bereits geschrieben wäre, immer ein paar Buchstaben vor den Augen. Einmal hörte er, wie Frau Rust zum Rust sagte, mit schwerer Zunge: »Er redet so viel, der Schweizer!« Das hatte ihm fast gefallen, daß er nun, hier im Ausland, einer war, der redet. »Und so langsam«, sagte Rust.

Ein anderer hätte da vielleicht. Avancen machte sie ihm schon, die Frau Rust. »Junger Mann«, sagte sie, »jetzt gehn wir zusammen in eine Bar – nein, nicht nach Schwabing –, in eine Kneipe, in eine Knille, und dann in eine zweite, in eine dritte, eine richtige Sauf-tour.« Aber Hammer war zu groß und zu schwer und hatte keine Chance, sich im Alkohol zu verlieren.[30]

---

30 Als Cherubin seinen Weinhandel – Weine und Antiqui-täten – eröffnete, war er schon älter, dabei nicht etwa leiser geworden, aber die Lautstärke gelang ihm nicht mehr so recht, er befand sich auf dem Weg zur Macht und verlor dabei an Präsenz, – nur für kurze Zeit, denn sein Schwiegervater – Cherubin hatte sich endlich die Tochter des Tavernenwirtes, und nicht nur sie, auch ihre Liebe, unter den Nagel gerissen –, der Tavernenwirt, reich, schlau und geizig, wollte nicht sein Schwiegervater sein, verbot ihr den Umgang und dem Cherubin das Haus, gerichtlich und polizeilich, und bewirkte das Ende des Handels mit bei ihm gefundenem Wein und Gegen-ständen, die durchaus einen antiquarischen Eindruck machten.

Der lag nur irgendwo in seinem Bauch, belästigte ihn und stieg ihm nicht zum Kopf. Aber die Hand auf seinem linken Knie, die Hand blieb ein Leben lang auf seinem Knie. Sie hätte ihn ja fragen können, ob er sie heiraten wolle. Er hätte schon ja gesagt. Er wäre schon in München geblieben, es wäre alles anders geworden.

Die Rosa – sie servierte dann später im »Schänzli«, das war dann wieder in Bern – hatten sie ihm ins Bett gelegt, einfach so ins Bett gelegt. Sie füllten ihn ab mit Schnaps, und der lag in seinem Bauch und machte ihn müde, und er ging dann, er hatte eine Bude im Mattenquartier unten an der Aare, und als er im Bett lag, da kamen sie, besoffen und johlend, und legten ihm die nackte Rosa ins Bett. Er hat sie dann geheiratet, da war er schon Beamter.

Seinen Vater hatte er im Verdacht, daß er kein Griechisch konnte. Er saß da, spielte den gebildeten Mann und konnte kein Griechisch. Selbst sein Griechischlehrer konnte wohl nur die ersten paar Verse der Odyssee auswendig. Auch sein Vater hatte eine Frau geheiratet, irgendeine Frau, Hammers Mutter. Sie war schon recht. Aber er haßte es, wenn sie ihn, wenn er aus der Schule kam, nach den Fortschritten im Griechischen fragte, wenn sie sagte, der Herr Doktor hat dich in der letzten Elternsprechstunde gelobt, du solltest dich aber vermehrt am mündlichen Unterricht beteiligen. Das wußte sie nun, daß wußte sie nun zusammen mit dem Herrn Doktor, der sein Griechischlehrer war, sie, die kein Griechisch konnte, sie, die Frau von Hugo Hammer, der ein angesehener Mann war, der sogar noch Josef Victor Widmann gekannt hatte, befreundet war mit ihm, und nun saß er da oben am Tisch und schwieg, hatte die Weisheit löffelweise gefressen und konnte sehrwahrscheinlich kein Griechisch.[31] Und Hammer begann sich an ihm zu rächen. Wenn der Vater einen Namen erwähnte, Heinrich Federer, dann ging Hammer und las das Gesamtwerk von Federer, nicht ohne Interesse, aber doch eher ohne Begeisterung, wenn auch mit großer Verehrung. Nur den einen Band, Federers Erfolgsbuch »Von Bergen und Menschen«, übersprang er. Das stand in Vaters Bibliothek. Die Mutter hatte es auch gelesen. Und Marie von Ebner-Eschenbach und Annette von Droste-Hülshoff, Wassermann, Feuchtwanger und Goethe, und nur Gesamtwerke. Und je mehr er las, desto mehr wurde alles um ihn herum zu einer Steppe der Ungebildetheit.

Nicht einmal die lateinischen Namen der Pilze kann-

---

31 Einmal, als sich drei Amerikaner in die Taverne verirrten, setzte sich Cherubin zu ihnen, sagte: »So, so – Americeiner, Greenhorns«, und unterhielt sich auf Grund seiner Bildung – Karl May – prächtig mit ihnen. Sie sangen dann zusammen – mehrere Whiskys – »Frère Jacques.« Später eine Postkarte mit den Niagarafällen – die »Falls«, sagte Cherubin.

ten sie, diese Trottel, die im Wald herumstocherten. Eierschwamm, so heißt er doch nicht, der Eierschwamm. Steinpilze, Frau von Stein, Charlotte Buff, ja, so hat sie geheißen, die Charlotte, so und nicht anders. Erst verheiratet hieß sie dann Kestner. Und der Deutschlehrer bezeichnete sie als Charlotte Kestner, weil er das Kichern der Schüler fürchtete, und sie kicherten, und Hammer ärgerte sich, weil es darum nun ja wirklich nicht ging. Um das Wissen ging es, um das Wissen. Warum, fragte er sich, haben die Gipfel der Alpen eigentlich keine lateinischen Namen und sind mit der Schäbigkeit ihrer Bezeichnungen – Eiger, Mönch, Jungfrau – dem Pöbel und seinen Bemerkungen ausgeliefert?[32]

Und wenn Rosa ihn fragte – vorsichtig und leise –, ob man denn die Alpen gesehen habe, von oben, vom Berg, dann sagte er: »Ich weiß es nicht«, und setzte sich an den Küchentisch, und Rosa verließ die Küche. Hammer wollte in der Küche allein gelassen werden.

Ob sie der Rosa damals etwas bezahlt haben dafür, daß sie sie zu ihm ins Bett gelegt haben, das hat er sie nie gefragt, das ganze Leben lang nie, so eine war sie

---

32 Wenn Cherubin in der Taverne einen Jüngling traf, den er für einen Studenten hielt, also einen von der Kantonsschule, dann schlug er ihm auf die Schulter und sagte mit kräftiger Stimme: »Bellis Perennis – das Gänseblümchen«, und die Jünglinge duckten und fürchteten sich.

jedenfalls nicht, sicher nicht. Und ab und zu ging ihm auch durch den Kopf, daß es ja vielleicht ihre Idee hätte gewesen sein können, aber gefragt, ob sie ihn liebe, das hat er nie. Gesagt hatte sie es schon, ab und zu, aber gefragt hat er sie nie.

Einmal war er weg, fast zwei Wochen lang. Adalbert war da schon längst in Zürich. Es war der Rosa schon aufgefallen, daß er etwas gesagt hatte, bevor er ging, denn sonst verließ er das Haus wortlos. Er hatte gesagt: »Ich geh noch schnell zum Brunner rüber.« Der Brunner war der Wirt in der »Traube«. Hammer war dort selten, aber wenn, dann ausgiebig. Er kehrte dort nur ein, wenn er mal verspätet von der Arbeit kam, also in der Stadt schon zwei, drei Zweier gehabt hatte, oder wenn er vom Berg kam und auch dort etwas zu lange in der »Hinteren Egg« gesessen hatte. Das aber nur bei schlechtem Wetter, bei Regen oder Schnee, wenn es keine anderen Gäste hatte, keine Wanderer. Hammer konnte Familien nicht ausstehen, nichts ärgerte ihn mehr, als wenn in der Beiz die Tische zusammengestellt wurden, diese verfluchten Schulreisen. Und Hammer erzählte rücksichtslos, zitierte die Verse von Homer, »Ándra moi énnepe, Músa polütropon«, und erklärte dem Senn in der »Hinteren Egg« die besondere Größe von Adalbert Stifter mit erlesenen Beispielen aus dem Witiko. Da war es nicht nötig, daß man ihm zuhörte, und der Senn sehnte sich nach neuen Gästen, damit er von diesem Tisch wegkäme, und sagte ab und zu dazwischen: »Ja, und dieses Wetter, und das zu dieser Jahreszeit«, aber Hammer ließ sich nicht unterbrechen. Nur er selbst unterbrach sich – »Martha, noch einen Zweier« – und setzte dann seine Erklärungen fort mit dem Satz: »Wo sind wir denn stehengeblieben?« »Bei Stifter, Herr Doktor«, sagte der Senn, und Hammer fühlte sich verstanden.[33]

Zum Brunner aber ging er selten. Da war das Gespräch schon im Gange, wenn er kam. Aber es kam schon vor, daß er abends spät doch noch aus dem

---

33 Als Roschee – er betonte weder die erste noch die zweite Silbe seines Namens, sondern das »sch« dazwischen, Roschschee –, als Roschee ankam in der Taverne, er kam über Genf, aus der Legion, was ihm dort die welschen Polizisten nicht glauben wollten, weil er kein Französisch konnte, aber er hatte sein Soldbuch mit und konnte es ihnen beweisen, er wollte nach Basel, aber in seinem Paß war sein Heimatort – Hessigkofen –, und so kam er halt hier auf die Polizei, und die wußten mit ihm nichts anzufangen und sagten, daß er in der Taverne billig übernachten könne, fünf Franken, aber die hatte er nicht, aber er ging halt in die Taverne, und dort stand Cherubin am Balken, nahm ihn in seinen starken rechten Arm und winkte mit der Linken ab, als Roschee sagte, er komme aus der Legion – hier kam nur einer von irgendwo, und das war Cherubin –, und er hatte jetzt einen in seinem starken rechten Arm, der aus der Legion kam, in seinem starken rechten Arm, und zwar für immer.

Haus ging, um noch, wie Gottfried Keller, einen Zweier zu trinken, sich dabei zuschauend, wie er saß und einen Zweier trank. Dies aber kündigte er nicht an, da ging er einfach aus dem Haus, wortlos und jedes Mal so, als wäre es für immer.

Nur dieses eine Mal, als er weg war für fast zwei Wochen, sagte er: »Ich geh noch schnell zum Brunner rüber.« Rosa erinnerte sich daran, und sie erzählte es dann auch dem Polizisten nach drei Tagen, als sie sich Sorgen machte, und der Sohn war extra heimgekommen aus Zürich. Der telefonierte herum. In der »Traube« war er nicht eingetroffen, da sei er schon seit Wochen nicht mehr gesehen worden. Und allen war klar, der war »im« Berg. »Diesmal wohl für immer«, sagte Brunner, »dieses verfluchte Sauwetter.«[34]

---

34 Cherubin – selbständiger Unternehmer, Eisenleger, Akkord, Grand Dixence, ein Jahrhundertwerk – rief seine Bertha an: »Ein Bombengeschäft, ein Millionenauftrag – es ist ein Taxi unterwegs, es wird gefeiert.« Und das Taxi kam an nach zwei, drei Stunden und fuhr zurück ins Wallis mit Bertha, die zwar ungern mitfuhr, aber es gab keine Widerrede. Und sie fand ihren Cherubin hinter einem großen Bier in einer Baubaracke, und er klopfte mit der rechten Faust dem Taxifahrer die Hunderter auf den Tisch, schaute auf, lächelte seine Bertha an, grüßte sie nicht, umarmte sie nicht, lächelte aber und fragte, ob sie Geld mit sich habe.

Selbstverständlich wurde der Berg abgesucht, erfolglos, aber Hammer kam nach zehn Tagen – eine Ewigkeit – zurück, wortlos oder mit einem trockenen »Sali« und ging anderntags wieder zur Arbeit, verschanzte sich hinter den Aktenbündeln und schaute nicht einmal über seine Brille, als ihn der Vorgesetzte zur Rede stellen wollte, und nickte nur, als jener ihm vorschlug, man könnte das ja mit einem entsprechenden Zeugnis als Krankheit nehmen oder vielleicht einfach an den Ferien anrechnen, kam aber abends fluchend nach Hause: »Die haben wirklich im Sinn, mich krankheitshalber zu pensionieren – und die Arbeit, wer macht ihnen die Arbeit, wer?«

Nie hat ihn jemand auf die zehn Tage angesprochen, die Frau nicht, der Sohn, der Polizist nicht; und eigentlich auch nicht der Vorgesetzte. Er war seit Jahr und Tag täglich pünktlich zur Arbeit erschienen – dabei blieb es.

Er trug Tag für Tag einen Stein auf den Berg. 365 Steine im Jahr, dabei blieb es, und er ließ sich seine Biographie nicht durch Zufälligkeiten versauen, durch Besuche etwa an Ostern oder Weihnachten von Sohn und Familie, sie hatten jetzt auch ein Kind, Julia, aber es blieb dabei, 365 Steine im Jahr, auch wenn ihm durch Umstände die Rechnung durcheinanderkam. Wachstuchheft ›Die Tagebücher‹: »Zwei Steine zu viel, einen runtergetragen – Achtung: Ostern und Ostermontag!«

Er war damals der erste Akademiker im Archiv. Bis

zu seinem Eintritt wurde es auch recht dilettantisch geführt und benützt. Die Akten, die irgendwo zuviel wurden, brachte man halt hierher, versah sie mit einer Nummer und trug sie in Listen ein. Erst Hammer brachte da eine Ordnung rein, ließ die Akten beim alten Nüssli zu Bänden binden und beschriftete sie mit einer Schrift, die schon damals kaum noch einer konnte – Redisfeder, Tusche, gotische Zierschrift wie auf Diplomen und Doktoratszeugnissen, eine Heidenarbeit.[35] »Es macht jedes Mal Freude, hier reinzugucken«, sagte mal der alte Regierungsrat

---

[35] Roschee blieb für immer. Er wurde gefragt, was er von Beruf sei – Maler –, und schon am anderen Tag wurden die Tische beiseite gerückt, und Roschee strich die Taverne neu – hellgrün. Und die Säufer beurteilten seine Arbeit, das sei gar nichts – aber Cherubin stellte sich hin, verschränkte die Arme, nickte und sagte: »Ein verdammt guter Handwerker.« Und Roschee schaute ihn an und grinste, und Cherubin sagte: »Das muß alles schneller gehen.« Abends nahm er ihn zur Seite und schlug ihm vor, eine Firma zu gründen. Es gäbe da eine Marktlücke, Dachhimmel. Und es gäbe da so Gerüste, die man schnell in der Dachrinne einhängen könne. So ein Gerüst müßte er noch beschaffen. Zwei, drei Tage vielleicht. »Gib mir zwei Hunderter, und wir sind Partner.« Roschee hatte keine zwei Hunderter. »Macht nichts«, sagte Cherubin, »die leg ich für dich aus, Partner.« Und er gab ihm feierlich die Hand, und Roschee strahlte. »Der kann arbeiten, das sag ich euch, der kann arbeiten – Legion, da habt ihr ja keine Ahnung davon.«

61

Flückiger, aber seither sagte niemand mehr etwas, und es kamen Junge, die nannten sich diplomierte Bibliothekare und Archivare, und die begannen wieder zu numerieren, damit es kompatibel werde. Da hat er aber auf den Tisch gehauen, der Hammer. »Ein Lebenswerk«, hat er geschrieen. Da haben die aber den Atem angehalten.[36] Man hat ihn dann zum Verantwortlichen gemacht für den älteren Teil des Archivs. »Das können die ruhig mal ausgraben in zweitausend Jahren«, sagte Hammer, »das sind noch Spuren. Feder und Tusche und Gotik, unverrottbar.«

Und von all dem ist in seinen ›Die Tagebücher‹ nichts zu finden, außer ein Titelvorschlag »Spuren der Menschheit – eine Autobiographie«[37]. Es sei denn,

---

36 Cherubin hatte alles aufbewahrt. Er trug alles auf sich: Identitätskarte, einen Zeitungsausriß über fleischfressende Pflanzen und Rationierungsmarken aus dem Zweiten Weltkrieg, graublaue Mahlzeitencoupons – »Ein Vermögen wert«, sagte Cherubin.

37 Er müsse mir das alles mal erzählen, sagte Cherubin, ich solle das aufschreiben, und wir würden Millionäre. Da sei aber etwas abgegangen – Weiber, so viel du willst. Er wußte, daß es nicht so war, aber er war ein Mann, und er lebte unter Männern, und ein Mann hat Weiber. Das stellte er sich so vor. Die Bertha aber liebte er zärtlich, laut und zärtlich. Er konnte sich nicht vorstellen, daß Bertha ein Teil seiner Biographie war. Und wenn ich ihn

man nähme das Wort »Domodossola«[38], das immer wieder seitenweise untereinandergeschrieben zu finden ist, stereotyp wie gestempelt, als einen Hinweis auf seine damalige zehntägige Abwesenheit.

Ab und zu, leicht betrunken und nach langem Schweigen, sagte er auch »Montélimar«,[39] mehrmals und genüßlich, als wäre es ein Gedicht. Aber

---

fragte, warum er denn in Deutschland im Gefängnis saß, lehnte er sich zurück, atmete tief ein und donnerte: »Millionen, weißt du, Millionen.« Ich habe es später von anderen erfahren, die Sache mit dem gelblichen Sand. Er glich, so stellte Cherubin fest, jenem Pulver – Hundestop –, das man an die Hausecken streute, um zu verhindern, daß die Hunde daran pißten. Er dehnte dann den Handel auf Deutschland aus.

38 Cherubin hatte eine Mutter, die sich Sorgen machte, er hatte eine Schwester, die im Kloster für ihn betete, und er genoß das in vollen Zügen. Kaum einem anderen haben Gebete so gut angeschlagen wie ihm.

39 Wenn Cherubin von seinen damaligen »Mitarbeitern«, wie er sie nannte, später auf die Grand Dixence angesprochen wurde, sagte er: »Ja, das waren noch Zeiten. Geschuftet haben wir wie die Idioten und gefeiert wie die Wilden.« Und wenn dann einer diese Reibebewegung mit Daumen und Zeigefinger machte, sagte er: »Da könnt ihr Gift darauf nehmen, bis vors Bundesgericht – diese Großbetrüger –, da schuften wir monatelang – und jetzt gehn wir Poulet fressen und zwar in den Buchiberg«, und er bestellte ein Taxi.

auch »Auberjonois«, ein Maler, der ihm nun ganz und gar nicht gefallen konnte, konnte er so über die Zunge fließen lassen, mit den Lippen in den Raum blasen wie eine leichte Feder – »Auber-jo-nois«. Ein Dichter halt, der Herr Doktor.

»Er war lange Jahre in Marokko, der Herr Doktor«, sagte Martha später einmal, aber der Senn sagte: »Nein, in München, das ist in Deutschland.« Und die langen Jahre würden in seinem Leben ohnehin nirgends Platz finden. Die Lücken in seinem ›Die Tagebücher‹ bieten keine Zeit an.

Fontane war schon weit über sechzig, als er seine großen Romane schrieb. Da war noch nichts verloren[40], und überhaupt erschienen ihm die Großen immer als alt – Büchner, Novalis, Kleist, da waren noch Jahrhunderte drin, die Würde von Jahrhunderten, das waren keine Radrennfahrer, Fußball-

---

40 Cherubin war jemand, ihm stand Großes bevor. Drei Blöcke im Baselland, Fenster anschlagen. Da brauchen wir noch zwei Leute, das schaffen wir in zwei Tagen. Aber schon nachmittags um drei kam Cherubin vorbei und sagte: »Es ist etwas faul, wir schleichen ab, einzeln und unauffällig.« Cherubin hatte das alles im Griff. »Wir treffen uns im Bahnhofbuffet in Aarau, morgen um zehn Uhr – einzeln und unauffällig.« Und er steckte jedem eine Fünfzigernote zu – Vorschuß – und sprach von einem Millionenauftrag. Ein Unternehmer halt, der Cherubin. Das Geld versoffen sie gemeinsam, und Cherubin hatte das Geld.

fans und Jazzliebhaber, nein, ein Plattenspieler kam ihm nicht ins Haus. Goethe wurde über achtzig, Faust, zweiter Teil, »Kolophonium«, »Auberjonois«, »Montélimar«, nein, Hammer wurde nie gewalttätig, nie laut, wenn er betrunken nach Hause kam. Er setzte sich an den Tisch in der Küche, und Rosa durfte hie und da und immer öfter sitzen bleiben, oben am Tisch, durfte ihm die Zeitung bringen und – nein, keinen Wein, ein Glas Wasser, und Hammer sagte »Dankeschön«, wie man das in der Beiz sagt, und nur die Registrierkasse fehlte.

Da hatten es andere Frauen schon schwerer mit ihren Männern, wenn sie nach Hause kamen. »Kolophonium«, sagte er, »das ist ein Harz, mit dem man den Geigenbogen einstreicht.« Früher, ganz früher, hatte sie noch auf solche Sätze reagiert, denn solche Sätze, dachte sie, kann man doch nicht einfach so vor sich hin sagen, die sind doch an jemanden gerichtet, dachte sie. »Ach ja, interessant«, sagte sie, oder so etwas, und Hammer brauste auf und schrie: »Wie oft,« und wurde leise, »wie oft noch, Rosa, muß ich dir beibringen, daß Beethoven neun Symphonien geschrieben hat.« Die Vulpius war auch eine einfache Frau, aber womit beginnen, wenn jemand ungebildet ist? Sollte er ihr beibringen, daß Schiller den Wilhelm Tell geschrieben hat, Böcklin die Toteninsel gemalt hat, daß ein Fresco, das kommt von »feucht«, ein Bild ist, das in den nassen Verputz gemalt wird, die Roßbreiten jene Gegenden nördlich und südlich des Äquators sind,

und dann weiß sie doch noch nicht, wer Seneca ist –
womit beginnen?[41]

Aber sie war ja schon recht, und irgendwie schämte
er sich vor ihr, den »Game Boy« kaufte er sich nicht
hier, sondern in einem Geschäft in Langenthal, und
die Batterien dafür kaufte er sich mal da und mal da,
wie die Tablettensüchtigen ihre Tabletten, er aber
dachte dabei eher an Kondome. In der »Hinteren
Egg« hatten zwei Kinder mit so einer Maschine ge-
spielt, und er schaute ihnen über die Schulter, als er
zur Toilette ging, und wie er zurückkam, blieb er
noch mal stehen, und das kleine Mädchen sagte:
»Möchten Sie auch mal?« Er aber sagte: »Nein, Teu-
felszeug!«
Und er ging seit Jahren zum ersten Mal wieder den
langen Weg über die Stallfluh und über den Gren-
chenberg nach Biel, er erinnerte sich, dort beim
Bahnhof ein Geschäft gesehen zu haben, mit Ta-
schenrechnern, Computern und anderem Teufels-
zeug. Davor stand er oft und immer wieder, ange-

---

41 »Weißt du, was Schiller zu Goethe gesagt hat«, sagte
Cherubin, und er lehnte sich in den Stuhl zurück, nahm
seine Zigarette, Gauloise blau, zwischen Daumen und
zwei Finger wie eine Zigarre, tat einen tiefen Zug,
schaute in die Runde der Banausen und sagte: »Nichts,
gar nichts hat er gesagt!« »Goethe ist nicht etwas für in
die Suppe«, sagte er und schlug den ›Tages Anzeiger‹ auf.
»Schiller, das ist ein Dichter«, sagte Roschee. »Halt die
Klappe«, sagte Cherubin.

ekelt und angezogen wie von einem Pornoladen. Diesmal zog es ihn hin. Er ging dort lange hin und her, die Bahnhofstraße rauf und runter, trank dann im Buffet einen Zweier, ging noch mal hin zum Schaufenster und ließ es dann sein, fuhr mit der Bahn zurück.[42]

Der »Game Boy« aber war und blieb in seinem Kopf. Ab und zu versuchte er das Gespräch darauf zu bringen in der Beiz: »Diese Jungen, wie heißt das, mit dem die da spielen?« Und er ereiferte sich, fluchte auf eine Welt, die zu Grunde gehen werde daran, das mache die Köpfe kaputt und das Rückenmark, ja genau, das Rückenmark, das fresse sich in die Knochen, Leukämie.[43] Schund, verdammter

---

42 Cherubin bezahlte Roschee nie. Bei Cherubin gab es keine Abrechnungen, da gab es nur Geld, bares Geld auf die Hand: »Hier hast du einen Hunderter, mach dir einen schönen Tag, sauf nicht zu viel und nimm dich vor den Weibern in acht!« »Alles, was Roschee konsumiert, geht auf meine Rechnung.« »Und jetzt fahren wir zwei nach St. Moritz und übernachten im Palace.« »Hier hast du einen Hunderter, kauf dir einen Hut, aber nur das beste, verstehst du, du Dummkopf, nur das beste – Borsalino.«

43 »Die Geschichte rollt donnernd über uns hinweg – Kant, Schopenhauer, Hegel, Kannitverstahn«, sagte Cherubin, und Roschee beteiligte sich an der Diskussion damit, daß er erklärte, daß in einem alten Pestalozzi-Kalender mal ein sehr interessanter Artikel gewesen sei über das Segelfliegen. »Teamgeist, weißt du«, sagte Roschee.

Schund, und wer lese noch die Gedichte von Bergen-
gruen.

Den »Game Boy« kaufte er sich dann, Wochen
später, in Langenthal. Er sagte, er wolle in die Wyni-
ger Berge, mal schauen, ob es schon Sommerstein-
pilze habe.

Bertha Schmied

Bertha, die Tochter des Tavernenwirts, war nicht seine Tochter, aber irgendwie schon. In Wirklichkeit, also verwandtschaftlich, war sie die Schwester, aber die Familie war reich geworden durch den Bruder. Die Familie war arm, aber der Bruder war reich, und das war er schon immer, was er auch tat, er holte da immer etwas mehr heraus, als man herausholen konnte. Es begann irgend einmal mit dem Austragen von Zeitungen, mit dem Ausläufern für einen Metzger, da hatte er das Zeitungsaustragen bereits in Unterakkord weitergegeben, und das Wort Unterakkord war ihm damals schon durchaus geläufig. Er lernte dann Automechaniker und wurde später, neben seinen Geschäften, Chauffeur beim Staat, führte die Regierungsräte herum und beriet sie nebenbei in ihren Geldanlagen, bekam dabei auch ab und zu etwas mit und investierte. Und zu Hause saß sein Vater, Von-Roll-Arbeiter, und seine Mutter, eine resolute Frau, die ihren Mann terrorisierte, der Mitglied des Schäferhundeclubs war, selbst keinen Hund halten durfte, sich nicht mit den anderen ins Clubhaus setzen durfte, und die Rösslistumpen kaufte ihm seine Frau, ein Doppelpack, zwei Mal zehn die Woche.

Bertha erinnerte sich später immer wieder daran, daß sie ihren Vater mochte, aber er war sehr alt und starb jung, und sie hatte ein Leben lang diesen ab-

gestandenen Geruch der Kupferblätze, mit der die
Mutter die Pfannen auskratzte, in der Nase. Das Ge-
quietsche dabei verleidete ihr das Leben, sie kriegte
Gänsehaut und Asthmaanfälle, wenn sie das hörte
und roch, und wenn sie sich aus der Küche schleichen wollte, schrie die Mutter sie an: »Du bleibst
hier,« und sie zwang sie, neben der Pfanne zu stehen,
sie hatte den Vater ohnehin im Verdacht, daß er sie
mochte, die Bertha, aber der Vater starb jung.

Später, als sich dann ein Regierungsrat an seinen
Geschäften zu beteiligen begann – Schmied besaß
schon einige Häuser –, schien es angezeigt, daß
Schmied seine Stelle beim Staat verließ. Er führte
nun das Hotel, das er bereits besaß, und ließ seine
Schwester das Restaurant nebenan, die Taverne, pro
forma führen. Sie war ohnehin ein wenig gehbehin-
dert, versteifte Hüfte, und würde ohnehin keinen
Mann bekommen, es sei denn, Schmied würde das
angezeigt finden.

Jedenfalls hielt man von nun an seine Schwester für
seine Tochter und die Mutter für seine Frau. Das war
halt nun so.

Immerhin, er glich Berthas Vater, nur eben daß er
nicht arm war. Schon damals, als der Vater ohne
Hund und ohne Teilnahme an den Clubhausfesten
Mitglied des Deutschen Schäferhundeclubs war, begann Schmied – nur er hieß Schmied, alle anderen in
der Familie hatten Vornamen, auch der Vater, der
Schmied Gusti –, begann Schmied, mit Hunden zu
handeln.

In der Taverne nun gründete er einen Privatstaat oder eigentlich einen Satellitenstaat, die Polizei hatte hier nichts zu suchen. »Ich bring euch die schon, die ihr braucht, die anderen laßt ihr mal hier, das sind meine Kunden,« und er schiß seine »Kunden« vor der Polizei zusammen, schrie sie an, er könne als ehrlicher Geschäftsmann solches Pack nicht dulden, und nicht sein »Pack« kriege Schwierigkeiten mit der Polizei, sondern er, und sozial war der Satellitenstaat auch, es gab eine Hinterstube, wo die armen Säufer für die halben Preise saufen konnten, und die soffen ohnehin mehr, und Schmied verwaltete auch die Renten von einigen, und er verhandelte mit den Steuerbehörden sozusagen im Paket, ein Statellitenstaat unterstützte wohlwollend den Hauptstaat, und inzwischen war sein Kompagnon auch nicht mehr nur ein Regierungsrat, der war gestorben, sondern eine ganze Familie, und zwar eine bedeutende – ein Schlitzohr halt.

Die Familie aber lebte immer noch in den Kulissen der Armut – nein, nicht in der Armut, die Mutter und Frau verwaltete die Sparhefte, die Schwester und Tochter hatte nichts zu entbehren, sie waren durchaus reich, aber sie waren keine Reichen. Reich war der Schmied, und er repräsentierte diesen Reichtum nicht mit teuren Anzügen und Krawatten, sondern mit einem weißen Bürokittel. So hatte er das gelernt, daß jene, die das Sagen haben, weiße Kittel tragen, die vom Büro und die Lehrer zum Beispiel.

So kam es, daß Bertha beides nicht zu haben hatte, weder Zukunftsangst noch eine Zukunft.

Aber ein Leben hatte sie schon, die Bertha, das Leben ihres Bruders, der durchaus im Leben stand, einen Schäferhund hatte und an den Wänden der Taverne verschiedene Plaketten und Diplome für Leistungen in der Zucht und in der Ausbildung.

Den Walliser schleppte sie aber selbst an, oder er war eines Tages einfach da, und Bertha entdeckte ihn vor Schmied und stellte ihn dem Schmied vor: »Das ist der Jost,« und Schmied sagte: »Der kann bleiben, der Weinkeller muß in Ordnung gebracht werden,« und er blieb, Bertha heiratete Jost, Schmied wollte es so, und nach der Scheidung sagte er nur: »Jost bleibt.« So blieb alles beim Alten. Bertha wollte die Scheidung auch nicht, aber sie mußte zweimal zum Anwalt und zweimal zum Richter, und sie sagte auch einmal: »Du bist ein Arschloch,« und man nahm an, daß sie damit den Jost meinte, sie aber meinte den Richter oder niemanden.

Und Umgangsformen hatte ohnehin nur der Schmied, und ihm war es recht so, irgendwie fühlte er sich wohl in der Armut, in der Armut seiner Familie, die er schon sehr früh, als er zu ein bißchen Geld kam, sozusagen als Außenminister gegenüber der Welt vertrat, so wie er später den armen Kleinstaat seiner »Kunden« gegenüber der Welt vertrat, immer in seiner weißen Büroschürze.

Zwar warteten viele auf sein Geld, aber sein Tod kam überraschend – er starb jung –, und er traf die

72

Erben unerwartet. So konnten sie sich nicht einleben ins Geld, und sie blieben, was sie immer waren. Der Hauch der Armut hing an ihnen, und ihr Reichtum vermochte nichts daran zu ändern.

Das ist die Geschichte von Bertha Schmied, die fast ganze Geschichte der Bertha Schmied, daran sei erinnert, denn die Geschichte mag vielleicht den Eindruck erwecken, sie sei die von Schmied.

»Mit dem Walliser übrigens, weißt du das, war sie mal verheiratet«, sagten sich die Leute, und das war dann auch wirklich alles, was sie davon wußten. Ob Bertha selbst mehr davon wußte? Wohl schon, aber sie machte nicht diesen Anschein, und sie ging mit dem Jost, dem Walliser, ihrem geschiedenen Mann, so burschikos um wie mit allen, machte mit ihm ihre Scherze und brüllte ihn an, wenn er das Falsche vom Keller brachte. Ein Fremder hätte sie so durchaus im Zustand der Macht empfunden. Sie war es nicht, sie war nur ab und zu laut wie alle hier – nur Schmied selbst war leise.

Cherubin – Cherubin Hammer – kam dann mal hier an, fragte nach einem Hotelzimmer, setzte sich an den runden Tisch, nahm ein großes Bier in Besitz, dann den Tisch und alles, was dazugehörte, und Bertha strahlte, er gefiel ihr. Daß Cherubin bleibt, bleibt für immer, das wußten gleich alle am Tisch, hier blieben die Leute für immer. Cherubin nahm Bertha in Besitz, laut und mit großen Händen, er bot ihr Schutz und Schirm, legte ihr die Welt zu Füßen, und sie strahlte ihn an.

Nein, Cherubin war nicht einer, der davon wußte, daß man Menschen zärtlich behandelt, zärtlich wie die Pflanzen im Garten, die auch nicht immer so wollen, wie man will. Aber irgendwie hatte er eine Ahnung davon, er trug die Bertha auf Händen, und Bertha konnte wieder atmen, ganz tief, und sie spürte, wie sich ihr Bauch – Bäuchlein – aufblähte beim Atmen, und ihre Stimme wurde kräftiger.

Sie hatten – und erst da fiel den meisten auf, daß sie zusammengehören – eine Beiz übernommen, den »Rosenstrauch«, der ehemalige Wirt war abgehauen, und das Haus sollte abgerissen werden, und da hat der Cherubin geschaltet, und er war nun ein Wirt für ein paar Wochen bis zum Abbruch. Die Arbeit aber machte die Bertha, und sie machte sie kräftig, eine richtige Wirtin, und sie lächelte sanft, wenn sie am Tisch von Cherubin vorbeikam, ein Bub halt, der Cherubin, ein liebenswerter Bub. Aber er war der Wirt, das ließ sie ihm, daß er der Wirt war.

Als Schmied starb, zu jung und zu früh, da war alles nur noch ein Nachleben, ein Leben nach dem Leben. Er fehlte allen, nicht nur den Gästen, und Cherubin kam sich zum ersten Mal in seinem Leben ein bißchen, ein ganz kleines bißchen schäbig vor: Er plünderte Schmieds Weinkeller und begann seinen Weinhandel in der Bärengasse. So ganz wohl war es ihm dabei nicht, und die Bertha lächelte und ließ ihm das, was er wollte oder nicht wollte.

Und Cherri wurde ein fast zärtlicher Mensch. »Der

lügt nicht, der betrügt nicht«, sagte die Bertha, »aber ein Lügner ist er vielleicht schon und ein Betrüger auch – aber er ist der Cherri.« Und als er starb, gab es keine Klage der Bertha.

Man sah sie nun noch täglich mit ihren zwei kleinen Hündchen spazierengehen, und sie grüßte alle Leute und alle mit Namen, und sie blieb an Baugruben stehen und sagte: »So was!« Sie lebte nach dem Tod von Cherubin das Leben eines Rentners, nicht einer Rentnerin, denn sie lebte das wie ein Mann, der pensioniert ist. Wenn sie mit einer Einkaufstasche – mit Einkaufstasche, zwei Hunden und Hüftleiden – unterwegs war, dann machte sie den Eindruck, wie wenn ihr jemand einen Einkaufszettel geschrieben und in die Tasche gelegt hätte, ihr die Tasche, die beiden Hunde (Köter) und das Hüftleiden mitgegeben hätte auf den Weg, damit sie etwas zu tun habe.

Aber stolz war man schon, wenn man von ihr erkannt und gegrüßt wurde, hier grüßte immer noch die Macht, hier grüßten immer noch Schmied und Cherubin Hammer – aber freundlich, viel freundlicher.

Es dauerte dann aber doch lange, bis man sie vermißte, und irgendwie sickerte dann durch, daß sie jetzt in einem Altersheim sei in der Ostschweiz – Ennetbaden vielleicht. Ob Ennetbaden in der Ostschweiz liege.

Später nahm man dann an, daß sie gestorben sein müsse.

Und sie hatte es nicht schlecht, die Rosa, Hammer
war ein stiller Mann. Sie wußte zwar, daß sie ihm im
Weg war, und das konnte sie nicht ändern, und sie
wußte, daß er es schwer hatte. Sie hatte auch – heimlich – angefangen, Goethe zu lesen, und auch mehr
und mehr Gefallen daran gefunden. Sie hätte ihm
gern gewünscht, daß er so einer wird wie der. Sie
hätte ja auch einen anderen Mann heiraten können
oder sogar keinen, aber man kann nicht so sein. Es
kam sogar vor, daß Hammer ihr Blumen mitbrachte,
richtige Blumen, Rosen, gekauft in der Stadt. Er erschrak, wenn sie Cherubin zu ihm sagte. Einmal sagte
er sogar: »So, jetzt brauchen wir eine neue Waschma-
schine«, es war ihm also doch aufgefallen, daß sie
wäscht. Und einmal, stockbesoffen, sagte er: »Morgen gehen wir in die Stadt – Diademe kaufen.«[44]

---

44 »Nur ein Haus pro Dorf, verstehst du, nur ein Haus«,
   sagte Cherubin zu Roschee, »du fährst mit dem Zug, ich
   mit dem Auto. Wir fangen im Aargau an.« Wenn dann
   Cherubin irgendwo die Hausglocke drückte, hatte der
   Besitzer keine Chance. Das Gerüst hing schon in der
   Dachrinne, Roschee stand auf dem Gerüst, und Cherubin erklärte dem Besitzer, was ein Dachhimmel sei, die
   Dachuntersicht, verstehen Sie, Borkenkäfer und Haus-
   bock, Termiten und Heuschreckenschwärme, und was
   für Gangster die meisten Malermeister seien, die sich
   damit dumm und dämlich verdienen würden, sie würden

Nein, ein Unmensch war Hammer nicht, hie und da hatte Rosa sogar das Gefühl, daß er froh war, daß er sie hatte.

Mit Fritz Glauser, so schien ihm, war er befreundet. Sie waren zusammen auf dem Gymnasium, Andra moi énnepe, Músa polütropon, hós mala pólla. Aus München hatte er ihm noch geschrieben. Aber Glauser wußte, daß Hammer ein Dichter sein wollte, und jetzt war nichts daraus geworden. Glauser wurde dann Diplomat. Er heiratete auch, der Glauser, aber Hammer kannte die Frau nicht. Glauser hatte einen großen Meccano-Baukasten. Da lagen sie nachmit-

---

ihm das ganze Haus einrüsten, sie würden ihn überreden, auch gleich die Fassade zu machen, das Dach zu decken, dieses wunderbare Dach mit diesen alten Ziegeln, eine solche Qualität finde man heute nicht mehr, und zur Fassade könne er ihm nur gratulieren, da habe er nun Glück gehabt, da sei ein Fachmann am Werk gewesen, die halte noch hundert Jahre, aber eben, der Dachhimmel – da hätte er bei einem anderen schnell ein paar Tausender weg –, er, Hammer, könnte es, umständehalber, für 300 Franken machen, und in der Regel wollte das der Besitzer nicht, aber Roschee hatte bereits angefangen runterzuwaschen – nur um nachzuprüfen –, und es sah bereits scheußlich aus. Nein, wenn Cherubin die Hausglocke drückte, hatte der Besitzer keine Chance. Nach dem ersten Regen lief dann die Farbe über die Fassade – nur mit Schlemmweiß, mit Kalk geweißelt. Roschee erzählte noch Jahre später begeistert davon.

tagelang auf dem Estrich unter der Hitze der Ziegel und bauten riesige Krane. Glausers Vater war Briefmarkensammler, und auf dem Estrich waren zwei große Schachteln mit Briefmarken, und da konnte man darin herumwühlen, und Herr Glauser erklärte ihnen auch, wie man Briefmarken behandelt. Nie in die Finger nehmen, immer mit Pinzette. Hammer hatte nach und nach eine ganz schöne Sammlung. Er dachte später ab und zu daran, daß er ein Briefmarkensammler hätte werden können.

Er hatte eine schöne Sammlung damals, der Herr Glauser lobte ihn auch für seine Ordentlichkeit und schenkte ihm die Falze, mit denen man die Marken in die Alben klebte. Die stellte Hammer selbst her mit Ringbüchern, gotische Schrift, Tusche und schwarzumrandete Felder, bei den Pro Juventute-Marken waren nur noch einzelne Felder leer, Pro Juventute hatte er inzwischen schon fast komplett und einzelne seltene – »Luzerner Mädchen«, 10 + 5 Rappen, 1915 – sogar doppelt. Im »Terminus« gab es ab und zu am Sonntagmorgen eine Briefmarkenbörse, Handel und Tausch, da ging er mal hin und zeigte sein »Luzerner Mädchen« herum, und da luchste es ihm einer ab für zwei Franken. »Jetzt hast du aber das große Geschäft gemacht«, sagte der, und Hammer wußte sich nicht zu wehren. Zwanzig Franken wäre es nach Katalog mindestens wert gewesen. Da ist ihm das mit den Briefmarken gründlich verleidet gewesen, erst wollte er sie einfach liegen lassen im

»Terminus«, nahm sie aber dann doch mit, wollte sie dann unten auf der Lorraine-Brücke in die Aare schmeißen, schmiß dann den Zweifränkler in die Aare, legte zu Hause seine Sammlung in eine Ecke und vergaß sie. Er hatte ohnehin anderes im Sinn, und Briefmarkensammler zu sein ergibt keine Biographie. Die Sammlung wäre später wohl ein Vermögen wert gewesen. Hammer sah sie nie mehr.

Die Maturareise machten sie nach Rom.[45] Hammer verschwieg zu Hause, daß eine Maturreise geplant sei. Er wollte da nicht mit, diese verfluchten Schulreisen, und dann die Tische in den Restaurants zusammenrücken, aber der Vater erfuhr davon, daß die Klasse auf eine Maturreise gehe, und er zwang ihn dann, mitzufahren, und da fuhr er halt mit.

Ein Herbarium hatte er sich auch mal angelegt, professionell, mit einer Gitterpresse gepreßt in diesem grauen, filzigen Spezialpapier – »Bellis Perennis«, »Anemone nemorosa«, »Pyrenäenstorchenschnabel, »Kuckucksnelke« –, er war der beste im Pflanzenbestimmen – Binz: »Schul- und Exkursionsflora der Schweiz« –, er fragte sich später auch ab und zu,

---

45 Cherubin war nur einmal im Ausland, geschäftlich, und dies kürzer oder länger als geplant, man kam seinem Betrug schon am dritten Tag auf die Spur, und dann war er noch zwei, drei Mal in Lörrach, und einmal im Elsaß mit dem Schmied. Cherubin war eigentlich nie im Ausland, aber er hatte die Welt im Griff.

ob er den Binz wieder hervorholen solle, wieder an-
fangen solle, Pflanzen zu bestimmen, erst mal jene,
die er kannte, er kannte alle. Aber inzwischen war
alles zu spät, die Gedichte noch nicht geschrieben,
die Biographie noch nicht gelebt. Den »Game Boy«
trug er in der Jackentasche mit, schloß ihn im Büro in
die unterste Schublade, ging, wenn er nach Hause
kam, erst in sein Zimmer, stellte ihn dort hinter eine
Reihe von Büchern – Gesamtausgabe Marie von
Ebner-Eschenbach –, kam gleich wieder raus, setzte sich an den Küchentisch und sagte: »So!« Das fiel
der Rosa auf. Er sprach wieder.
Rosa machte sich schon Sorgen. Hammer wurde stiller, noch stiller. »Was hast du, Hammer«, fragte sie.
»Nichts«, sagte er, schaute vor sich hin am Küchentisch und sagte noch einmal in sich hinein: »Nichts,
nichts.«[46]

---

46 »Ich sage euch«, sagte Hammer im Bahnhofbuffet Aarau,
    nachdem sie die Arbeit im Baselland abgebrochen hat-
    ten – immer dasselbe, Hammer kam und flüsterte bedeu-
    tungsvoll, und alle wußten, er hatte einen Vorschuß in
    der Tasche. »Ich sage euch«, sagte Hammer, »das muß
    verdammt schnell gehen. Das Material habe ich organi-
    siert. Und wenn ihr gefragt werdet, für wen ihr arbeitet,
    dann – merkt euch das – sagt ihr für die Blitz-Bau AG,
    Zürich. Ich geh jetzt noch ein Faß Most organisieren, wir
    arbeiten Tag und Nacht durch. Wir treffen uns in Muri
    am Bahnhof zwischen sieben und acht, in Lenzburg müßt
    ihr umsteigen«, und er warf ein paar Fahrkarten und ei-
    nen Hunderter auf den Tisch und ging.

Sie hätte sich ja auch täuschen können, die Rosa. Sie kannte den Hammer ja nicht. Aber liebenswert war er schon. Rosa erschrak, als die Nachbarin, die Frau Stuber, sie über den Gartenhag fragte: »Geht er eigentlich nicht mehr in den Berg, der Herr Hammer?« Man hatte ihn sitzen sehen am Bach, einen ganzen Abend lang, neben sich den Rucksack und in beiden Händen wohl den Kieselstein, den Blick auf ihn gesenkt.

Brunner sagte zu seinen Gästen: »Jetzt sitzt er schon seit drei Stunden unten am Bach«, und ob man vielleicht doch nachschauen müsse. Den müsse man lassen, sagte man. Der Wirt ging noch mal zur hinteren Tür und kam zurück und sagte: »Jetzt ist er nicht mehr da.« »Was für ein Doktor ist er eigentlich, der Herr Doktor«, fragte einer. »Ein Doktor halt«, sagte man.

Wenn Hammer so dasaß und vor sich hin und in sich hinein schaute, fielen nach und nach so Backsteinelemente von der Decke, gestreckte und abgewinkelte, quadratische, und sie drehten sich und fügten sich unten zu einer Mauer. Dazu irgendeine geklimperte russische Melodie und ein »Plom«, wenn der neue Stein die Mauer erreichte. Die fallenden Steine begleiteten ihn in den Schlaf, sie begannen zu fallen, wenn er halbwach im Bett lag, nicht neben Rosa, in seinem Zimmer, das Rosa nie betrat, ohne daß je die Rede davon gewesen war, daß sie es nicht betreten dürfe. In seinem Zimmer war Hammer unverheiratet, in seinem Zimmer war all das, was Hammer für seine Biographie hielt.

Er begann jetzt auch neue Bändchen, schwarze Wachstuchheftchen der »Die Tagebücher« anzulegen, gotische Schrift: »Ab Juli 1982«, ohne daß in dem vorhergehenden auch nur ein Wort eingetragen gewesen wäre.

Als Hammer einmal zum Zahnarzt mußte, irgend etwas mit diesem verfluchten Gestell, rief Rosa im Büro an und fragte, ob sie ihren Mann sprechen könne. Der sei heute morgen beim Zahnarzt, sagte eine Sekretärin, und Rosa schloß daraus, daß er doch regelmäßig ins Büro ging, denn eigentlich hätte er ja, nachdem er wohl nicht mehr in den Berg ging, auch alles andere, auch alle anderen Gewohnheiten lassen können. Aber er sprach nicht mehr vom Büro, schimpfte nicht mehr, beklagte sich nicht mehr über Chef und Kollegen, diese neugescheiten Schnösel, sagte aber ab und zu: »Ich gehe in den Berg«, was er früher, als er noch in den Berg ging, nie gesagt hatte. Rosa hätte sich vorstellen können, daß in seinem Zimmer, nach seinem Tod – sie wünschte sich, vor ihm zu sterben, im Wissen, daß sie sicher alles falsch machen würde bei seiner Beerdigung, alles nicht so machen würde, wie er sich das vorgestellt hätte –, daß nach seinem Tod in seinem Zimmer dicke Manuskripte gefunden würden, Romane und Dramen und Gedichte, Gedichte, wie sie heute keiner mehr schreibt.

(In Wirklichkeit fand man hinterher in Hammers Zimmer nichts, ein fast unbenütztes Zimmer, ein sauberes Bett, Hammer mußte die Wäsche irgendwohin gebracht haben, rausgeschmuggelt und reingeschmuggelt. Adalbert, der Sohn, fand die Wachstuchhefte, wollte sie nicht wegschmeißen. Und er fand einen gedruckten Gedichtband: »C. Hammer: Berg- und Liebeslieder«, Cestio-Verlag, ein einziges Exemplar, gedruckt, niemand wußte davon. Es ist nicht anzunehmen, daß Hammer nur ein Exemplar drucken ließ, vielleicht zweihundert, und vielleicht und sehrwahrscheinlich hatte er 199 davon gleich nach dem Druck vernichtet. C. Hammer hatte ein Buch. Hammer übrigens nannte sich selbst, wenn er mit sich selbst sprach, Cherubin, von niemand anderem ertrug er diesen Namen, nur von sich selbst.)

Der Französischlehrer, der die Klasse auf die Maturreise nach Rom begleitet hatte, beschwerte sich hinterher. Und als das dem Vater Hammers zu Ohren kam, freute er sich und sagte: »Vielleicht doch ein Kerl, der Cherubin.« Der Französischlehrer setzte in der Schule dann durch, daß ab jetzt die Maturreisen nicht erst nach der Matura stattfänden, sondern noch während der Schulzeit, damit man noch etwas in der Hand habe, dieser Hammer, ausgerechnet dieser Hammer, stundenlang habe man ihn gesucht, stundenlang, das ganze Programm habe er durcheinandergebracht, und als er zurückgekommen sei, habe er einfach nichts gesagt, einfach nichts gesagt. Und Cherubin war stolz darauf, daß die anderen staunten darüber, daß er den Mut aufbrachte abzuhauen, einfach abzuhauen. In Wirklichkeit war die Klasse plötzlich nicht mehr da im Pantheon, Cherubin blieb irgendwo stehen, Raphael vielleicht, und als er aufschaute, war er allein. Zuerst verzweifelte er, dann setzte er sich an eine Säule vor dem Pantheon und beschloß, anders zu sein als die – und allein, was auch immer geschehen möge, allein zu sein. (Der Eintrag »Gaius Cestius ist ein Arschloch« in einem Wachstuchheft des vielleicht Sechzigjährigen mag ein Hinweis auf seinen damaligen Aufenthalt in Rom sein.) Hammer sprach nie von einer Maturreise nach Rom, sondern von einem Romaufenthalt. Das war er sich schuldig.

Hammer konnte kein Italienisch, aber er kam auf die Idee – er selbst war reformiert –, einen der vielen katholischen Pfarrer lateinisch anzusprechen, hatte er doch im Lateinunterricht auch mitbekommen – die Hälfte des Lateinunterrichts bestand aus Begründungen, durchaus berechtigten, warum Latein lebensnotwendig sei –, daß Ärzte des Lateins mächtig zu sein hätten, damit sie sich, zum Beispiel im Falle eines Krieges, mit Ärzten aller Nationen unterhalten könnten. Frieden jedenfalls war so etwas wie Latein.

So ging er also auf einen dieser Geistlichen zu und sprach ihn lateinisch an, der aber verwarf die Hände und stotterte »No, no«, als sei er vom Teufel heimgesucht. Es mußte also auch katholische Geistliche geben, die kein Latein konnten, das fand Hammer merkwürdig. Sein Vater war eigentlich katholisch, aber er beschloß als Liberaler und assimilierter Berner, reformiert zu werden, seinen Sohn reformiert aufzuziehen. Cherubin besuchte als Jüngling oft die katholische Kirche.

Es fiel dem Hammer schon auf, irgendeinmal, daß er nicht mehr täglich »in« den Berg ging. Und er wußte auch, daß das mit dem Rauchen – Parisienne, die runden – nichts zu tun haben konnte. Trotzdem gab er nun das Rauchen auf, wollte, wie er sich sagte, wieder zu Kräften kommen, damit er wieder seine Steine, aber die Buchhaltung war ihm ohnehin durcheinandergekommen, es mußten inzwischen Dutzende von Steinen sein, die oben fehlten. Nach ein paar Tagen kaufte er wieder seine Parisienne am Bieltorkiosk, irgendwie ahnte er, daß er seine Biographie aufgegeben hatte. Der Senn und Wirt auf der »Hinteren Egg« kannte das. Da kamen oft Leute wochenlang jeden Tag, jahrelang jeden Donnerstag und plötzlich nicht mehr. Der Senn nahm nicht an, daß die, die nicht mehr kamen, gestorben waren. Die kamen einfach nicht mehr. Der »Game Boy« hatte inzwischen Cherubins Rückenmark erreicht, ob er spielte oder nicht, da flossen dauernd vor seinen Augen die Ziegelsteine herunter. Nein, süchtig war er nicht, nur angesteckt, so wie er ein Leben lang fürchtete, die Syphilis zu bekommen, ausgerechnet er, der mit Frauen nichts, aber auch gar nichts hatte, außer daß sie eben in seinem Kopf waren. Und die Steine schwammen vor seinen Augen, und sie ordneten sich ein zu einer Mauer. Da konnte man nichts dagegen machen.[47]

Auf dem Cimitero Acattolico in Rom – dem Englischen Friedhof, dem Protestantischen Friedhof – liegen englische Lyriker und deutsche Maler, liegt Waiblinger. Man zieht an der Glocke, wartet das lange Schlurfen von Pantoffeln ab, von deutschen Pantoffeln, die ein alter Italiener trägt, schämt sich

---

47 In Muri lief alles schief. Cherubin erklärte ihnen den Weg und stieg dann in sein Auto. Und als sie dann dort ankamen, Roschee, Otto, Johann und Werner, ein verdammt guter Zimmermann, sahen sie Hammer beim Bauern stehen und gestikulieren. »Hier muß in einer Stunde gemäht sein«, und der Bauer, eingeschüchtert, kam schon bald auf seinem Motormäher und mähte die Wiese. »Das Holz hier, das ist eine Baracke, und morgen früh muß die stehen«, sagte Cherubin zu den Vieren, und sie machten sich an die Arbeit. Und als sie am Morgen stand, kam der Bauer, immer noch eingeschüchtert, und erkundigte sich, was das solle, das sei sein Land hier, und Cherubin sagte, das sei die Lagerhalle für den Malermeister Soundso in Zürich. Sein Nachbauer auf der anderen Straßenseite, der habe, so viel er wisse, einem Malermeister in Zürich Land verkauft. »Habe ich euch nicht gesagt«, sagte Cherubin, »alles abbrechen, vorerst gehen wir aber frühstükken.« Und sie hauten ab.

bei der Mühseligkeit des Schlurfens, in Privates einzudringen, bereut das Läuten, wenn man den Schlüssel drehen hört im rostig klingenden Schloß, das nicht rostig sein kann, weil es dauernd, von morgens neun bis nachmittags um fünf – montags geschlossen – in Bewegung ist; die schlurfenden Pantoffeln öffnen das Tor, erst einen Spalt, um erst mal das Anliegen des Klopfenden vorgetragen zu bekommen – in irgendeiner Sprache –, nämlich eintreten zu dürfen in diese Mühseligkeit der Shellys und Yeats und Waiblingers, kriegt einen Prospekt in die Hand gedrückt und drückt in die freie Hand der Pantoffeln einen Obolus, und die Pantoffeln machen mit der inzwischen freien Prospekthand eine Geste nach links – von uns aus gesehen, nach rechts –, eine unnötige Geste, denn da steht es hinter ihm, das Schild, der Wegweiser.

»Goethe Filius« steht auf dem Schild, und der Alte mit den Pantoffeln gibt einem keine Chance, nach links zu gehen, zum anderen Teil des Friedhofs, den Weg zu Goethes Sohn hat man erst mal zu machen, dann ist man frei. Nach einigen Schritten das zweite Schild mit der Aufschrift »Goethe Filius«, es zeigt nach links, und wir folgen ihm bis zum dritten, das wieder nach links zeigt in eine Grabreihe hinein, und hier steht der weiße Stein, auf dem die Inschrift steht, in der genau gleichen Schrift wie auf den Schildern: »Goethe Filius«. (GOETHE FILIUS/PATRI/AN-TEVERTENS/OBIT – Goethes Sohn, der seinem Vater ins Jenseits vorausging.)

Cherubin beschloß hier, jung zu sterben, beschloß auch, hier sitzen zu bleiben, sitzen zu bleiben für immer, und hier oder in Paris zu enden als Clochard, als Schwindsüchtiger wie Waiblinger.

Vorläufig aber fragte er sich durch mit seinem Latein zu jenem Friedhof, auf dem Goethes Sohn, August Goethe, begraben liegt, der Sohn der Vulpius, die schön gewesen sein muß und die dem Cherubin später ein Trost hätte gewesen sein können, wäre die Rosa schön gewesen. Es überraschte ihn schon, als er einmal hörte, daß die Frau Hammer eine wunderschöne Frau gewesen sei, mit ihrer kleinen Narbe über dem Auge. Er habe ganz weiche Knie bekommen, als er sie zum ersten Mal gesehen habe, sagte der Senn. Cherubin Hammer versuchte sich zu erinnern, aber er erinnerte sich nicht.

So war er also damals auf dem Weg zum Protestantischen Friedhof an der Aurelianischen Mauer bei der Porta Maggiore. Er fragte sich durch mit seinem Latein, kriegte auch Komplimente dafür von anderen Priestern, die offensichtlich des Lateinischen mächtig waren und ihm ein SALVE mit auf den Weg gaben, sich dabei wieder endlich echt römisch fühlend und das Kreuzzeichen würdig andeutend. Damals, auf dem Weg zur Porta Maggiore, war Cherubin endlich jemand, er war endlich verloren, verloren für immer – sterbend wie Waiblinger. Wie heißt König Ringangs Töchterlein? Rohtraut, Schön-Rohtraut – Mörike. Keats, whose name was written in water, war mit 25 gestorben, fünf Jahre noch.

Wer sonst von der Klasse hätte sich für den Cimitero Acattolico interessiert? Im Reiseprogramm war er nicht vorgesehen, und wohl nicht einmal der Französischlehrer wußte etwas davon. Nein, Cherubin hatte sich nicht von der Klasse entfernt, aber er hatte sie verloren, endlich verloren, und er fragte sich durch, lateinisch, zur Porta Maggiore, und er beschloß, verloren zu sein für immer, und er wuchs innerlich. Hier lagen sie, die Dichter, die Maler, die Nazarener.[48]

Nur einmal als alter Mann, nur einmal sagte Cherubin Hammer, befragt, was er denn von Beruf sei, er sei ein Schriftsteller. Später schickte er ihr auch Gedichte, fein säuberlich abgeschrieben auf gehäuseltem Papier, und Lydia sagte, als er das nächste Mal in die Taverne kam: »Du, die sind Spitze, deine Gedichte, und wie sich das alles reimt«, und das sagte

48 Hammer hatte im »Blutigen Daumen« im Zürcher Niederdorf gehört, wie ein Malermeister mit einem Zimmermann über den Bau einer Baracke in Muri verhandelte. Da hatte er sich gedacht, er könnte ein fait accompli machen. Er stellte sich vor, anderntags diesen Malermeister aufzusuchen, ihn umständlich zu fragen, ob er nicht, wie er gehört hätte, im Sinne hätte, eine Lagerhalle in Muri zu bauen. Und wenn jener ihn verwundert angeschaut hätte, hätte er gesagt: »Die steht nämlich schon«, und wenn der gesagt hätte, nein, die stehe noch nicht, dann hätte er gesagt: »Was wollen wir wetten?«

sie im selben Ton und in derselben Lautstärke, wie sie Arschloch sagte oder Scheiße. Lydia war eine Fluh, ein Kerl von einer Frau. Mit der war nicht gut Kirschen essen. Groß, schwer, und sie hatte einen Kopf, von dem man nicht wegschauen konnte, einen Kopf mit Schnurrbarthaaren, mit einem großen Maul, aus dem alles quoll, was aus Mäulern von besoffenen Männern quillt. Lydia war häßlich. Aber sie hatte einen schönen und großen Körper, und in ihrem Gesicht war etwas, war so etwas Liebes.

Wäre den Säufern in der Taverne überhaupt etwas aufgefallen, und wäre Cherubin Hammer aufgefallen, es hätte schon auffallen müssen, daß Hammer eine Neigung hatte zu Lydia. Aber es fiel niemandem auf, und sie strich ihm ab und zu übers schüttere Haar und sagte: »Der Herr Dichter, und wie sich das alles reimt«, und dann drehte sie sich zu den Säufern am runden Tisch und sagte: »Ihr Arschlöcher, ihr habt keine Ahnung«, und dann rief einer: »Lydia, noch ein Großes.« Die Neigung Cherubins zum frühen Sterben blieb ein Leben lang, ein langes Leben lang. Ob er wie Kleist die Lydia überreden sollte? »Lieber scheiß ich mir in die Hosen«,[49] hätte sie gesagt. Aber er blieb in seinem Kopf, der Cimitero Acattolico.

---

49 »Ein ganz schöner Schaden«, sagte Roschee. »Red nicht, wenn du nicht gefragt wirst«, sagte Hammer. »Aber wie ist das nun?« sagte Roschee. »Hier hast du einen Fünfziger«, sagte Hammer, und Roschee grinste.

Endlich also stand er an der Pforte jenes Friedhofs, wo die Toten zu Dichtern werden, zog an der Glocke (»Das Tor ist abgeschlossen, während der Öffnungszeiten wird ein Klingelzug hinausgehängt, auf Ihr Läuten läßt man Sie hinein; im Häuschen links liegen Lagepläne der bedeutendsten Gräber aus; am Ende des Rundgangs erwartet man von Ihnen eine Spende. Eingang nur von der Via Cestio aus.«), hörte die schlurfenden Pantoffeln, es war ein heißer Tag.

Rosa hatte es schon lange mit dem Herzen. Hie und da fragte sie Cherubin sogar, was der Doktor gesagt habe, aber er hörte nicht zu, wenn Rosa zu erzählen begann. Sie erzählte gern, und sie erzählte umständlich, sagte nicht, daß der Herr Doktor das und das gesagt habe, sondern begann zu erzählen, wie sie sich auf den Weg gemacht habe, wen sie getroffen habe, daß sie sich noch überlegt habe, ob sie vor dem Doktor einkaufen gehen solle ins Konsum oder erst nachher, und daß sie den Daniel getroffen habe im Haus des Doktors, der sei aber gewachsen, der studiere Theologie in Bern, und irgendwo eingebettet zwischen all dem war dann wohl auch das, was der Doktor zu ihrem Herzen gesagt hatte, sie nahm jeden Morgen ihre Pillen. Cherubin stellte jeden Morgen, bevor er zur Arbeit ging, ein Glas Wasser auf den Küchentisch, um sie daran zu erinnern. Es wäre ihm schon zu umständlich gewesen, wäre sie gestorben. Wenn er unten am Bach saß und die Steine auf seinem »Game Boy« drehte und einfügte in seine

Mauer, da dachte er schon daran. Da dachte er schon an Rosa.

Eigentlich war Lydia vielleicht doch eine schöne Frau, sie hatte keinen schönen Kopf, aber sie hatte einen Körper, und einmal trug sie einen blauen Pullover, nun war sie in seiner Erinnerung eine blaue Frau: jenes dunkelleuchtende samtene Blau der Clematis – Lydia, und die Steine fielen zu jener russischen Melodie. Lydia war irgendwie doch eine schöne Frau. Und Hammer war müde geworden, alt, krank und müde,[50] und die Steine fielen vom Himmel, und er drehte sie mit einem Druck des rechten Daumens und ließ sie mit dem linken Daumen in die Mauer sausen, Plom. Wie oft schon hatte er den »Game Boy« weggeschmissen, weit ins Feld hinaus,

---

50 Hammer strotzte vor Gesundheit, noch mit 65. Man schätzte ihn zwar älter, aber für jenes geschätzte Alter sah er doch noch recht jung aus, jünger als sechzig: Groß und kräftig, eine Hautfarbe wie ein Jüngling, das Bier tat ihm gut. Nach dem Tod von Schmied gab es lange gerichtliche Auseinandersetzungen um das Erbe, Hammer kam nie an das Geld, und er kümmerte sich auch nicht darum, aber er kam an die Würde. So hatte er sich das gedacht, daß er dereinst an die Würde käme. Sie stand ihm wie ein zu großer Hut oder wie ein zu enges Hemd. Und seine Erfolgsgeschichten wurden mehr und mehr schäbige Realität. Noch ein Jahr oder zwei, und er hätte nicht mehr zu uns gehört, sondern zu den Koryphäen der Stadt. Nur sein Tod, und er strotzte von Gesundheit, rettete seine Geschichte.

aber zehn Minuten später holte er ihn wieder, suchte das ganze Feld ab, um nur noch einmal, nur noch einmal zu versuchen, auf 20 000 Punkte zu kommen, und um ihn leuchten zu sehen in der Dämmerung, und um auch ein bißchen an Rosa zu denken. Lydia war eine wunderblaue Frau.

Selbst der Rosa war die Pensionierung Hammers nicht aufgefallen. Zwar kannte sie selbstverständlich seinen Geburtstag, seinen Jahrgang, und auszurechnen war das ja einfach, aber sie wagte nicht, davon zu sprechen, wo er selbst nun doch schon seit langem nicht mehr von seiner Arbeit sprach, sich nicht mehr beklagte. Im Archiv jedenfalls räumte man seinen Arbeitsplatz nach der Pensionierung nicht.[51]

---

51 Es hatte sich auch schon herumgesprochen unter den Bürgern in der Stadt, daß unten in der Bärengasse ein Herr Hammer zu Schleuderpreisen ein paar exzellente Weine führe, uralten Bordeaux und einen Algerier, der vor 25 Jahren wohl ein ganz gewöhnlicher billiger Algerier gewesen sei, inzwischen aber durch eine leichte Malagalisierung zu einem Traum von einem Dessertwein geworden sei, die Flasche zu 4 Franken. So kam Hammer in Kontakt mit den »Kreisen« der Stadt, und er führte seinen Handel – mit Ausnahme der Beschaffung – ohne jeden Betrug und ohne jede Betrugsabsicht, und nur, daß er keine Kasse hatte, sondern das eingenommene Geld zusammengerollt in die Hosentasche stopfte, erinnerte noch an einen Hammer, der einmal eine andere und eine Geschichte hatte.

Anfangs kam er noch täglich – etwas später als sonst, und er ging etwas früher als sonst –, er setzte sich an seinen Platz, legte ein Bündel Akten vor sich und tat nichts, gar nichts, und dann ging er zur Toilette, blieb lange dort. Dann kam er unregelmäßiger und später überhaupt nicht mehr. Das Aktenbündel aber ließ man vorläufig liegen – Hammers Platz. Es hatte keinen Sinn, sich mit ihm in irgendeiner Form darüber zu verständigen. Hammer sprach nicht mehr. Herr Stuber, der Mann der Nachbarin auf der anderen Seite des Gartenhags, sagte: »Der Hammer grüßt nicht mehr, das ist mir unangenehm.« Aber ein paar Tage später sagte er: »Ich habe ihn wieder zum Sprechen gebracht.«

Warum sollte Cherubin der Rosa nicht mitgeteilt haben, daß er jetzt pensioniert werde, daß er jetzt pensioniert sei? Irgendwie litt er auch darunter, daß sie ihn nie darauf ansprach, aber hätte sie es getan, sie hätte es zum falschen Zeitpunkt getan, beim Frühstück, und Cherubin sprach beim Frühstück nie, oder abends, wenn er ohnehin schon genug hatte von all dem.

Und Rosa dachte ab und zu daran, wie er damals im »Chez Sepp« sich nicht zurechtfinden konnte mit seiner Mappe und seinem Regenmantel und wie es ihr leid tat, daß dieser Dr. Hammer einer sei, der nie eine Frau finden würde, und eigentlich war er ja nett und lieb. Doch, doch, sie mochte ihn schon. Sie liebte ihn. Sie hatte es gut mit ihm. Es tat ihr gut, wenn er so da saß, unverändert, so wie er gesessen hatte im »Chez Sepp«. Und es kam auch vor, daß er ihr erzählte, aus der Odyssee, und dabei immer wieder ein paar Zeilen in Griechisch rezitierte, das klang wie eine Musik, und Hammer bekam dabei eine Stimme, eine kräftige Stimme, die ihn selbst erschreckt hätte, hätte er sich gehört, und sein Blick wurde zum Blick eines Mannes, der von einer kleinen Insel ins Meer schaute, in die Ägäis, das hatte er ihr beigebracht, daß das die Ägäis ist und daß die Ägäis viel mehr ist als nur ein Meer, nämlich ein Wort.[52]

Selbstverständlich wollte ihr Cherubin sagen, daß er nun pensioniert werde, aber nicht heute, morgen vielleicht oder übermorgen. »Rosa«, hätte er gesagt, »du weißt doch«, aber schon die Vorbereitung blieb ihm im Hals, im Kopf stecken. Und auch daß er immer noch ab und zu ins Archiv ging, sich an seinen Platz setzte, hatte nur damit zu tun, daß der Satz: »So, in zwei Wochen bin ich 65« nie fiel, daß es nie

---

52 Herr Gigon wußte damals von der Nutzlosigkeit seiner Gebete, aber ein Haudegen Gottes hätte er ja nun wirklich werden können, der Hammer. Irgendwie stellte sich Herr Gigon vor, daß sich mal jemand prügeln könnte für jenen Jesus Christus aus Nazareth. Herr Gigon mochte es nicht, wenn Cherubin Hammer sein »Ein feste Burg ist unser Gott« in seiner Baritonstimme in den Saal brüllte. Er wußte schon, daß daraus nichts wird. Aber Jesus, der den Tempel reinigte. Und überhaupt.

die Gelegenheit gab, diesen Satz zu seinen Kollegen zu sagen, weil es nie eine Gelegenheit gibt, aus der Stille heraus Sätze zu sagen, und Erzählen ist etwas anderes als sprechen, und im Archiv wurde nicht erzählt.

Als Jahre später, Rosa lebte nicht mehr, Cherubin wieder einmal gesucht werden mußte, weil er abgehauen war aus dem Heim,[53] ging der Dorfpolizist auch auf den Berg in die »Hintere Egg«. Der Senn sagte aber, daß er den Dr. Hammer schon seit Jahren

---

53 Cherubin blieb es verwehrt, in ein Männerheim eingewiesen zu werden, sich das Männerheim unter den Nagel gerissen zu haben, mit 87 – und mit der alten kräftigen Stimme – deklariert zu haben, daß alle, aber auch alle, keine Ahnung hätten. Darauf, das sei hier festgehalten, hat sich Cherubin ein Leben lang gefreut. Ein mißlungenes Leben halt. Und – das wäre ja zu erwarten gewesen – sie hätten sich, Cherubin Hammer und Cherubin Hammer, dort treffen können im Männerheim, und Cherubin hätte gesagt: »Tages Anzeiger, Seite 14, hochinteressanter Artikel. den müssen Sie unbedingt lesen«, ein sehr betontes »Sie«. Nein, nein, sie wären sich gegenseitig nicht aufgefallen, auch wenn sie allen anderen aufgefallen wären, aber geärgert übereinander hätten sie sich schon. Das ist zwar eine erfundene Geschichte, ihr Autor gibt das zu, und er weiß, daß das Leben die Kunst weit öfter nachahmt als die Kunst das Leben. Nur wird das Leben ab und zu und allzu oft daran gehindert. Cherubin starb zu früh.

nicht mehr gesehen habe. »Er wird wieder mal gesucht,« sagte der Polizist, zog seine Brieftasche aus der Jacke und legte als Beweis der bedeutenden Amtlichkeit den entsprechenden Zettel auf den Tisch. Der Senn legte seinen Daumen, nein, nicht den Zeigefinger, sondern den Daumen auf eine Stelle des Zettels, dachte lange nach, schaute den Polizist an und sagte: »Hat der wirklich so geheißen, der Dr. Hammer?« »Ein eigenartiger Name«, sagte der Polizist, und der Senn rief: »Komm mal, Silvia«, und ein kleines, dünnes Mädchen kam, vielleicht fünfjährig, stellte sich an den Tisch, streckte dem Polizist seine Hand entgegen und strahlte ihn mit blauen Augen an. »Du kennst doch einen Cherubin«, sagte der Senn. »Ja, der erzählt schöne Geschichten«, sagte die Kleine. »Und hast du ihn kürzlich gesehen?« fragte der Senn. »Den sehe ich immer«, sagte sie, »der erzählt Geschichten.« »Wie sieht er denn aus, dieser Cherubin?« fragte der Polizist. »Der sieht nicht aus, der erzählt Geschichten.«

»Sie ist ein eigenartiges Kind, die Silvia«, sagte der Senn später, »aber sie wächst halt hier allein auf, und dann erfindet sie sich Freundinnen und Freunde, und sie geht auf der Weide auf und ab und grüßt ihre Freunde und setzt sich und spricht mit ihnen. Eben, einer heißt Cherubin, das hab ich mir gedacht.«

»Ja, ja, den finden sie schon wieder, den Hammer«, sagte der Polizist, »der kommt immer wieder zurück.«

»Sie ist so gescheit, die Silvia«, sagte der Senn, »ich glaube, sie kennt jede Pflanze mit Namen, und niemand weiß, woher sie das hat, und wenn man sie nach einem Pflanzennamen fragt, dann sagt sie: ›Das sage ich nicht, ich darf nicht sagen, wie sie heißt.‹ Und dann erfindet sie Namen, irgendwelches Kauderwelsch: ›Anemone Nemorosa‹, etwas stimmt nicht mit dem Kind. Und dann kommt sie an und sagt, es gäbe einen Zauberberg, da seien alle Leute lungenkrank, und es gäbe einen Riesen, der habe nur ein Auge mitten im Kopf, und es gäbe wunderschöne Frauen, die hießen Sirenen, und sie sängen so schön, daß alle Schiffe auf dem Meer, auf der Ägäis – ja, das sagt sie: ›Ägäis‹ –, an den Klippen zerschellen – ja, ›zerschellen‹, sagt sie.«

Der Polizist hatte seinen Zettel längst wieder eingesteckt. »Ein bißchen Regen würde jetzt nicht schaden«, sagte er.

Der Senn aber machte sich schon Sorgen, und er sprach auch am Abend mit seiner Frau darüber. »Das Kind ist verstockt«, sagte die Frau, »aber lieb ist es schon. Mir macht das auch angst, es weiß so viel, und es spricht nicht, es erzählt nur.« »Vielleicht sollte ich Arbeit suchen irgendwo unten im Mittelland, vielleicht in einer Futtermühle«, sagte der Senn.

Und einmal, als Cherubin wieder sein »Ándra moi énnepe, Músa polütropon, hós mala pólla / plánch-thä epéi Troiäs hierón ptoliéthron epérse« vor sich hin sagte, seine Zeilen der Verzweiflung, er hatte wieder etwas viel getrunken, sagte Rosa: »Ich habe es gelesen.« »Du hast es gelesen«, sagte Hammer, »was hast du gelesen?« Ich hab es mir gekauft in der Buchhandlung: »Sage mir, Muse, die Taten des viel-gewanderten Mannes / Welcher so weit geirrt, nach der heiligen Troja Zerstörung.« »Das ist schön, Rosa, daß du das gelesen hast«, sagte Hammer. Am anderen Tag brachte er ihr Blumen – Gladiolen, wortlos.

Ins Archiv ging er jetzt nicht mehr. Aber er trug seine Mappe immer noch um das Rathaus und um die Amthäuser, wie wenn er sich fürchten würde davor, jetzt ein Berggänger, ein Schriftsteller, ein Botaniker werden zu müssen. Cherubin Hammer war in sei-nem langen Leben endlich zum Cherubin Hammer geworden, und er trug seinen Cherubin Hammer, seinen Dr. Hammer, durch die Stadt wie ein Ge-wand, einen Schuh vor den anderen setzend, unauf-haltsam, unansprechbar.

Aber Rosa freute sich Abend für Abend auf Cheru-bin. Er wurde ihr mehr und mehr lieb. Und als Adalbert, er rief oft an, sie einmal fragte, wie es denn so gehe zu Hause, sagte Rosa: »Ich weiß schon, was du meinst – aber weißt du was, wir haben es gut.« Und als eines Tages die Polizei vor dem Haus stand mit einem Hausdurchsuchungsbefehl, da lachte sie sogar herzlich und strahlte ihren Cherubin an.

Der Gerichtspräsident Gruber hatte sie vorher angerufen und sie beruhigt. »Frau Hammer«, hatte er gesagt, »bleiben Sie ganz ruhig, es ist eigentlich nichts. Aber ich muß die Polizei vorbeischicken, mir sind Akten abhanden gekommen, und es könnte sein, daß Ihr Mann sie hat.«

Sie hat dann dem Cherubin gesagt, daß die Polizei vorbeikomme, und Cherubin hat gesagt, in amtlichem Ton: »Die Alliierten – die holen die Akten ab«, und er ging in sein Zimmer und kam zurück mit einem Stoß Akten und stellte sich damit in den Garten, und als die Polizei dann kam, sagte er: »Meine Herren, sie wollen wohl die Akten abholen«, und die Polizei verzichtete auf eine Hausdurchsuchung. Und Rosa strahlte ihren Cherubin richtig an.

Rosa rief dann anderntags, als Cherubin »im« Berg war – immer noch hieß das, wenn Cherubin nicht zu Hause war: ›Er ist im Berg‹ –, den Gerichtspräsidenten Gruber an, um nachzufragen, was eigentlich war. Sie solle sich keine Sorgen machen, sagte der, er habe zwar eine Klage einreichen müssen, damit er einen Hausdurchsuchungsbefehl habe ausstellen können, aber jetzt habe er die Akten wieder, und er habe die Klage auch gleich vernichtet. Sie seien ja zusammen, der Hammer und er, jahrelang im Pensionskassen-Ausschuß gesessen als Vertreter der Freisinnigen Partei, und er habe Verdienste, der Hammer. Vielleicht sei er doch ein bißchen alt geworden, er schreibe doch Gedichte, der Hammer, sagte der Gerichtspräsident.

Auf Hammer als möglichen Aktendieb – das Delikt heißt Aktenunterdrückung, Gefängnis bis zu zwei Jahren – war der Gerichtspräsident gekommen, weil er ihn kürzlich antraf in seinem Büro. Gruber kam von der Mittagspause, und da saß der Hammer auf dem Stuhl in der Ecke, erst sah er ihn gar nicht. Gruber setzte sich an sein Pult und wollte mit dem Aktenstudium weiterfahren, aber die Akten waren weg, und wie er sich umschaute im Büro, entdeckte er den Dr. Hammer. Der saß tief und kurzsichtig gebückt über den Akten und ließ sich beim Lesen von Grubers Anwesenheit nicht stören. »Was wollen Sie, Herr Doktor«, sagte Gruber. Aber Hammer murmelte nur etwas, stand auf, legte dem Gruber die Akten auf den Tisch und ging. Er sah dann später den Hammer immer wieder mit seiner Mappe im Gerichtsgebäude in den Gängen auf und ab gehen oder auf einem der hölzernen Bänklein vor dem Gerichtssaal sitzen, und dies nicht in der Haltung eines Wartenden oder Gelangweilten, sondern eines Tätigen, ausgestattet mit Macht und Bedeutung. Im übrigen war das ein öffentliches Gebäude, und die Prozesse waren öffentlich. Schon einmal, vor Wochen, waren dem Gruber Akten weggekommen, aber am anderen Tag lagen sie schön ordentlich vor seiner Bürotür.

Nein, Hammer wurde nicht eigenartig, er wurde nur mehr und mehr Hammer, Cherubin Hammer.[54] Er saß jetzt auch stundenlang am Küchentisch und las. Er holte wirklich seine Bücher – »Goethes Wanderjahre« und die »Nachtwachen des Bonaventura« – aus seinem Zimmer, setzte sich an den Küchentisch und las. Für Rosa war das so etwas wie ein Vertrauensbeweis, sie stand ihm nun nicht mehr im Weg. Und seine wilden Theorien darüber, wer sie habe geschrieben haben können, die »Nachtwachen«, trug er ihr jetzt viel sanfter und nüchterner vor. Und daß er nach und nach auf die Idee kam, daß der Autor ja auch eine Frau hätte sein können, die wunderbare Jeanne Paula vielleicht, nahm sie als persönliches Kompliment.

Rosa wußte schon, was das meinte, wenn Frau Stu-

---

54 Cherubin hatte sich etabliert. Sein Wein- und Antiquitätenhandel machte ihn zum Geschäftsherrn, und seine Kundschaft fühlte sich geschmeichelt, einen näher zu kennen, der ein Leben hatte, in der Legion war – was er nicht war –, und Cherubin versuchte das zu spielen, was die Damen der lokalen Society von ihm erwarteten. Er begann sich selbst nachzuahmen, hatte aber nicht das geringste schauspielerische Talent und war viel schlechter als der echte Cherubin, der er selbst einmal war. Die Geschichten über Cherubin erzählten sich jetzt nicht mehr die Säufer in der Taverne. Er hatte sie jetzt selbst zu erzählen. Aber lange dauerte das nicht mehr.

ber, die Nachbarin, sagte: »Wenn Sie Hilfe brauchen, Frau Hammer, ich bin immer da.« Hammer machte den Leuten den Eindruck, ein anderer geworden zu sein, aber er war sich selbst geworden, und er begann zu Hause schon ein bißchen zu wohnen.

Da starb die Rosa.

Adalbert kriegte einen Anruf, und er erkannte die Stimme, auch wenn es der erste Anruf mit dieser Stimme war. »Meine Frau ist tot«, sagte die Stimme und hängte auf. Als Adi ankam zu Hause – der Garten blühte, es war Sommer –, war bereits die Polizei im Haus und der Arzt aus dem Dorf, außergewöhnlicher Todesfall. Frau Stuber hatte den Arzt angerufen. Der Herr Dr. Hammer habe sie angerufen und gesagt, daß seine Frau tot sei, aber als sie gleich rüber ging, fand sie das Haus verschlossen, und niemand reagierte, weder auf Läuten, Klopfen, Rufen. Rosa mußte schon seit drei, vier Tagen tot sein. Der Polizist sagte zu Adalbert, es sei wohl besser, wenn er seine Mutter so in Erinnerung behalte, wie er sie lebend gesehen habe, es war Sommer. Adalbert sagte: »Ich bin Arzt.«

Adalbert hatte gleich zurückgerufen nach dem Anruf seines Vaters. Aber niemand nahm ab. So fuhr er halt dann gleich los, und als er vom Auto aus noch einmal anrief, war schon die Polizei dran, und Adalbert sagte, daß er schon wisse, und die Polizei fragte, ob er eine Ahnung habe, wo sein Vater sein könne.

Man fand ihn nicht und vergaß im ersten Schrecken auch, ihn zu suchen, denn es gab von polizeilicher Seite keinen Verdacht gegen ihn.

Cherubin war weg.

Er muß noch drei, vier Tage mit der toten Rosa im Haus gewesen sein, bevor er telefoniert hatte. Jetzt war er weg.

»Mein Vater tut, was er will«, sagte Adalbert, »und was er will, das kann man nicht verhindern.«

Und Marianne, die Frau Adalberts, telefonierte sich durch die Biographie Cherubins: Brunner sagte, daß er ihn schon seit Wochen nicht mehr gesehen habe, daß man es aber vielleicht in der Taverne in der Stadt versuchen solle. Dort mußte sie ihren Schwiegervater lange beschreiben, sein Name war hier nicht bekannt, und als die Beschreibung gelang – »Schuhnummer 49« –, sagte die Frau: »Ach ja, der Egon, Lydia kennt den«, und Lydia kam ans Telefon, und als sie hörte, daß »Egons« Frau tot sei, sagte sie »Scheißdreck«, und das sagte sie so sanft, daß Marianne gleich losheulen mußte am Telefon. »Nein, in letzter Zeit ist er nie hier gewesen, aber da gibt es doch ein kleines Mädchen, oben im Berg, das kann alle seine Gedichte auswendig«, und Marianne telefonierte in die »Hintere Egg«.

»Weißt du was«, sagte sie nach all den Telefonen zu Adalbert, »der lebt, der Cherubin, der lebt wirklich, ich bin ganz sicher, daß der lebt.«

Und Rosa wurde beerdigt – es kamen viele Leute, man mochte Rosa im Dorf –, und Cherubin war immer noch nicht zurück, man machte sich schon Sorgen. Der Senn hatte zurückgerufen und gesagt, er habe mit der Kleinen gesprochen, mit der Silvia, und die habe gesagt, die Frau von Cherubin sei tot, und das könne die Silvia ja gar nicht wissen, aber es sei nicht mehr herauszuholen aus dem Kind. Ja, Cherubin lebte, zwei Tage nach der Beerdigung stand er auf der Straße vor seinem Haus, Frau Stuber entdeckte ihn, als er wohl schon lange dagestanden war. Er stand vor dem Haus und betrachtete es, wie ein Tourist eine Sehenswürdigkeit betrachtet, die ihm der Reiseführer als bedeutend angepriesen hatte und an der er nun nichts Besonderes entdecken konnte. Frau Stuber sei dann zu ihm gegangen, sie hatte einen Schlüssel zum Haus, und er habe freundlich gegrüßt und fast ein bißchen gelächelt, aber ohne ein Wort zu sagen. Sie habe ihm das Haus öffnen wollen, aber er sei stehengeblieben, einfach stehengeblieben.

Frau Stuber hat dann den Arzt gerufen. Und der stellte fest, daß Cherubin völlig ruhig war und einen durchaus normalen und vernünftigen Eindruck machte. Er nahm ihn dann mit, und Cherubin übernachtete vorerst einmal im Haus des Arztes, frühstückte am anderen Tag auch mit der Familie, sagte »Guten Tag«, sagte »Ja« und »Nein«, aber er sprach nicht mehr. Er hörte aufmerksam zu, wenn man mit ihm sprach, nickte und lächelte und schüttelte den Kopf, aber er sprach nicht mehr.

Im Heim machte er keine Schwierigkeiten. »Ein angenehmer Gast, freundlich, sauber und pünktlich«, sagte der Heimleiter, wenn er immer wieder Adalbert in Zürich anrufen mußte, weil Cherubin wieder einmal verschwunden war.

Seine Gäste, sagte der Heimleiter, seien selbstverständlich frei. In der Regel gingen sie spazieren, ein bißchen an die frische Luft, an die Sonne. Aber er kenne das, fast unmerklich würden ihre Schritte etwas länger und etwas fester, nicht etwa schneller, nur etwas länger. Und dann wisse er, daß sie jetzt ein Ziel hätten, irgendwohin wollten, in die Kneipe vielleicht. Diesen festen Schritt aber habe Cherubin immer.

Als man ihm damals mitteilte, daß man nun einen Platz in einem Heim gefunden habe, sagte Cherubin zur Überraschung aller einen ganzen Satz: »Das ist im Gäu, da wollte ich schon immer hin.«

Das überraschte auch, weil das Gäu doch ziemlich weit weg ist, und man fürchtete, den alten Baum zu verpflanzen, ihn von seinem Berg wegzunehmen.

Cherubin aber tauchte immer wieder auf. Er mußte stundenlang unterwegs sein. Und er kam nicht etwa auf der Straße daher, sondern quer über die Felder, als ginge er exakt auf der Luftlinie.

Frau Stuber sagte einmal zu ihrem Mann: »Ich darf das ja niemandem erzählen, und es ist ganz sicher nicht wahr, aber ich habe so ein Bild in meinem

Kopf, nein, nicht ein Traum, ein Bild: Der Doktor Hammer kommt übers Feld und führt ein weißes Pferd – nein nicht ein Schimmel, ein weißes Pferd – am Zaum und lächelt. Nein, das habe ich nicht geträumt«, sagte sie, »aber ich habe es so in meinem Kopf, ich sehe es ganz genau.«

Und beim Brunner in der »Traube« erzählten sie auch ab und zu von Cherubin, so hatte er, als er noch hier lebte, nicht geheißen, hier hieß er »der Doktor Hammer«, aber inzwischen fragten sich die Gäste in der »Traube« ab und zu, ob er denn eigentlich noch lebte, der Cherubin, der mußte doch inzwischen weit über achtzig sein.

Und einmal, spät abends, kam Mollet, der Bauer, aufgeregt und mit hochrotem Kopf in die »Traube«, setzte sich an den runden Tisch zu den anderen, setzte sich und sagte nichts. Und als ihn der Brunner fragte: »Was hast du«, sagte er immer noch nichts, starrte vor sich hin, starrte vor sich hin und sagte dann, nicht zu den anderen, zu sich selbst: »Ich glaube, ich spinne – da sehe ich doch den Hammer, den Dr. Hammer, übers Feld kommen, mit seinen großen Schritten, mit seinen großen Schuhen, einfach geradeaus übers Feld, so wie wenn er nirgendwo hingehen wollte, nur geradeaus, einfach nur geradeaus«. Mollet starrte vor sich hin, und da gehe dieser Hammer einfach so mitten durch seinen Weizen, und er renne los, aber als er unten beim Feld gewesen sei, sei der Hammer längst weiter gewesen.

Er habe das ganze Feld abgesucht, der Weizen stehe
heuer schön, das ganze Feld habe er abgesucht, eine
Stunde lang, und er habe keine Spur gefunden, einfach keine Spur. Er schwöre, er sei mitten durch den
Weizen gegangen, der Cherubin.

Peter Bichsel
im Suhrkamp Verlag
Eine Auswahl

Der Busant. Von Trinkern,
Polizisten und der schönen Magelone
Bibliothek Suhrkamp 1282

Eigentlich möchte Frau Blum
den Milchmann kennenlernen
Bibliothek Suhrkamp 1125
suhrkamp taschenbuch 2567

Kindergeschichten
suhrkamp taschenbuch 2642

Schulmeistereien
suhrkamp taschenbuch 2841

Die Totaldemokraten.
Aufsätze über die Schweiz
edition suhrkamp 2087

Zur Stadt Paris
Bibliothek Suhrkamp 1179
suhrkamp taschenbuch 2734